文春文庫

「社交界」たいがい

山本夏彦

文藝春秋

目次

I

「社交界」たいがい

I

オカネ　ガ　アリマス

小学中学高校を通じてわが同胞は金銭についての教育を一つも受けてない。これは驚いていいことだと私はかねがね驚いている。金《かね》教育をなぜしないか、早くしたまえと何度も言ったが誰も耳をかさない。

古くは保全経済会、ねずみ講、近くは豊田商事、ことにねずみ講はサギだと承知しているはずなのに、いまだによく似たものにだまされている。

だまされたものの集まりを、新聞は被害者友の会みたいに書くが、あれは被害者なんかではない。欲ばりの仲間の会である。取戻せる見込はまったくない。

読者のすべてがまかり間違えば手を出す可能性があるものだから、見込があるような記事を掲載するのである。迎合である。

「株」もまた欲である。底値で買って天井で売るなんて本職にだって出来ない。だから昔は素人は手を出してはならぬと禁じられていたのに出したのだから、二度と出さなければいいのである。

戦前の小学校の国語の教科書は「読方《よみかた》」といった。「読み書きそろばん」の読方である。一年生にはハナ　ハト　マメではじまる読本がながく使われていた。カラス　ガヰマス　スズメ　ガ　ヰマスと続く。

初めカタカナから教え、平がなはあとから教えた。私は最後にオカネ　ガ　アリマスと書けと言った。

教科書というものは同じことを繰返して教えるものである。歴史は小学生には簡単に、中学生にはややくわしく、高校生にはさらにくわしく教える。

だから一年坊主にはオカネというものがある、これがこの世を動かしているという予感を与えるにとどめる。ここでいうお金は「現金」である。

二年では「買物」はどうだろう。売り手がいます、買い手がいます、問屋があります、小売があります。

三年になったら銀行があります、郵便局があります、預貯金があります、利息があります。銀行と郵便局のちがいは中学ですこし、高校で詳しく教えればいいだろう。

今は義務教育は中学までということになっているから、一割以上の利息は元も子もなくす恐れがある、その覚悟ならいいが、そうでなければ手を出すな。出したのは欲で、元も子もなくしたからといって被害者ではないと教えよ。

中学の高学年になったら会社がありますと教えたい。会社は法人です。皆さんは個人です。法人と個人はどう違うか。法人は有限責任です、よく有限会社とあるでしょう、株式会社は有限会社の一種です。

諸君はいずれ会社員になる、いま日本人の大半は会社員です。会社員は法人の一員です。したがって責任は有限です。銀行がつぶれて銀行員がかりに大金持の子でも、債権者は銀行員個人に金をかえせとは言いません。その発想がありません。法人はそれほど普及しました。

けれども会社員は家《うち》へ帰れば個人です。ことに細君は全き個人です。何千年来ひとは個人でしたから、にわかに法人にはなれません。モラルは個人のままです。オーナー社長が後継者にするつもりの息子の結婚式を、以前は会社の金で盛大にしたのを公私の別を忘れたものだときびしく咎《とが》めましたが、社長の葬式を会社の経費で社葬にしたのは咎めません。矛盾ではないでしょうか。芸能人の結婚は芸能プロの経費ではないのですか。

以上は私の意見がはいっていますからそれを去って、個人と法人の別を手短に教えたら中学生だって膝のりだして興味を示すでしょう。

保証人になって判を捺《お》すな。いくら親友でも判は個人だ。債権者は返せ戻せと永遠に追ってくる、サラ金のことを忘れたか。

戦前は現金の時代、戦後は手形の時代です。手形とは何か、三カ月さきに確実にはいってくる大企業Aの手形、これをあてにしてわが社が三カ月の手形を振出したとする。Aの信用で現金同様に通用したが、もしAが倒れればそれをあてにして振出したわが手形は不渡りになる。

いま親会社の多くは危いといわれている。親が倒れれば下請の手形は反古《ほご》になる。かくて手形の時代は去って現金の時代に戻るかというと戻らない。戦後何十年この世は手形で動いてきたのである。

手形はフィクションである。けれどもあのビルもこのビルも手形で建った、現金で建ったものは一つもない。うそから出たまことである。

金がもの言うという、金は魔物という、金がカタキという、それにもかかわらずいっぽう金は天下の回りものなのである。現金のかわりに手形が回っているのである。

人間万事清く正しく美しいばかりではないことを、教科書は暗示または明示しなければならない。証券会社は株屋だと言わなければならない。株屋なら悪事を働くにきまっている。その株屋にそそのかされて買ってソンしたのは欲ばってソンしただけでこれまた被害者なんかではない。

戦前戦後の教科書が金銭について書かないのは、教育が商人のものでなく武士のものだからである。武士は金銭をいやしむ。武士の子は穴あき銭の落ちたのを見て「オヤおもちゃの刀のつば」と言ったという話が残っている。武士の禄《ろく》は代々世襲である。貧は士の常で、金銭を阿堵物《あとぶつ》といって蔑視した、それがいまだに残っていて教科書中にオカネガ　アリマスの件《くだり》がないのである。

（『文藝春秋』98・3）

21世紀は来ないだろう

某月某日ある学会のお歴々の前で「オカネ　ガ　アリマス」という題で話しましたところ、こんどはその二代目三代目に何か話せと言われて、うかと引受けたが困りました。話の種はありますが、私はもと「ダメの人」です、縁起のいい話、明るい話の持主ではありません。私が少年のころから見てきたのは風景ではなく人間でした。やむなく私の見た人間の前途について話しました。

何度か書きましたが私はわが社の女子社員に私の目の黒いうちに21世紀は来ないとかねがね言ってきました。そのお話なら三年前にうかがいました、去年もうかがいました、21世紀は目の前に迫りました、まだ仰有《おつしや》いますか。

「仰有るとも」と私は打てば響くように答えてともども朗らかに笑いますが、実は私は本気なのです。私の子供のころたいていの男の子は、旧式の目ざまし時計をこわしまし

けるみたいさ
た。ふたをあけてなぜ動くか見ようとしました。固く巻いたひげぜんまいが次第にほどける力を借りて、薄い歯車をかみあわせて動いているらしいことは分りましたが、深入りしてさらに知ろうとすると時計はもとにもどらなくなりました。すなわちこわしたのです。

礦石ラジオも組立てました。誠文堂新光社の「子供の科学」に教えられて、めでたく出来上るとレシーバーで聞いて満足しました。子供は好奇心のかたまりです。それは昔に変らないはずなのに、今の子供はファミコンを巧みに操作することはしますが、そのメカニズムを知ろうとはしません。電卓をこじあけようとはしません。まことに子供は何でも知っています。ファミコンや電卓の中身は知ろうとしてもムダだということを知っています。三歳の童児も知っているのです。あの好奇心はどこへ行ったのでしょう。いつから知ろうとしなくなったのでしょう。

トランジスタ・ラジオがあらわれて以来だと思います。だれもこわさないから私はトランジスタ・ラジオをこわしてみました。トランジスタは電気の半導体です。ベークライトは絶縁体で、その絶縁体に薄い銅の板がはりつけてあります。銅にはこまかい線条がきざんでありますす、配線のかわりで、これに電流を通じると強弱高低の音を発します(銅は電気の良導体です)。トランジスタは真空管を、また無数の配線を無用にしました。

ラジオを、電卓を超小型にしました。トランジスタの発明は革命です。

新聞記者は専門家の用語の翻訳者でしたが、その役目を放棄して何十年になります。ワープロも電卓も利用すればいいので、その中身が何か知ろうとは誰もしなくなりました。私たちはブラックボックスに包囲され、それを知るのはそれぞれの専門家だけになったのです。そして専門家同士の交流はないのです。

機械あれば必ず機事あり、機事あれば機心ありと二千年も前に荘子《そうじ》は言っています。私の大好きな言葉です。私は毎日タキシーで帰りますが、その存在を認めてはいません。たまたま電卓で勘定しますがこれも認めてはいません。思想は存在するものを認めないことができるのです。諸君も原爆を認めないではありませんか。

機械は時間と空間を「無」にしようとします。産業革命は蒸気機関を発明しました。これは理解しようとすればできます。かりに戦前東京大阪間十六時間かかったとすれば、それを八時間に、三時間に短くすることはできます。さらに短くするのが困難なら航空機に乗ります。電話やファクスなら即座につながります。

時間と空間を退治するのが産業革命以来の人間の悲願でした。以前はまだ時間がかかりましたが、近く無限に「無」に近くなります。それでも紙ひとえの時間は残りましょう。なぜ人はこんな勝目のない戦さに狂奔するかというと、人間本来時間がないからです。

かりにわが子がパリにいて危篤だと聞くと母親はとびたつ思いで、心はすでにパリに到着しています。ドアをあけています。パリにかけつけるには飛行機なら何時間、金なら何十万かかるというのは「不本意」なのです。彼女ばかりか人類の頭のなかには元来時間と空間はないのです。故にこの二つを征伐しようとするのは一面自然なのです。

わが国の自動車は世界一だそうです。ボディが一流なら付属の機器も一流でしょう。原水爆はこれを作った知恵のてっぺんにあります。末端の自動車を愛用しててっぺんだけ否定することはできません。私は両者を共に否定します。故に原爆許すまじというのはたわごとです。ましてダイ・インと称して死んだふりするなんて正気の沙汰ではありません。

産業革命以来二百年という歳月がありましたが、これからは時空はありません。時空を絶するのが科学者の任務だと二百年来彼らはかたく信じています。これを信じること資本主義国も共産主義国も同じです。「誰が今日《こんにち》の文明をもたらしたか」。ワット、フルトン、モールスなどの名をあげて称《たた》えることアメリカもソ連も同じです。科学者が自分の研究をア・プリオリに善だと信じて疑わないのは、疑えばその立場が根底から崩れるからです。

ここに於て哲学と宗教が出る幕なのにそれが出る見込が全くありません。なぜ出ないかというと、孔子の子は孔子の到着した地点から出発できないからです。堯《ぎょう》の子堯ならず、一から学んでその半ばにも達しないからです。そこへ行くと蒸気機関は丸ごと残ります。蒸気から出発して電気に及びます。テレビはモノクロから出発してカラーに、カラーからハイビジョンに達します。

出来てしまったものは出来ない昔に返れません。機械は残ります。宗教と哲学は行きつくところに行きつきました。人知は出尽してそれで救われないから、機械にすがったのです。そしてもとへはもどれないのです。知恵あるものは知恵で滅びるとつとに古人は言っています。

（『文藝春秋』98・4）

死ぬのだい好き

「自分のことは棚にあげ」というこの六月下旬（平成八年）に出る新刊のタイトルを「死ぬのだい好き」に改めたのにはわけがある。

私は「ラジオ日本」で、毎朝八時五十分から「夏彦のラジオコラム」を放送して三年目にはいった。朗読するのは私ではない、むかし私は自分で語ったことがあるが、私の声はマイクを通るとさながら地獄からの声のように聞える、取引先の印刷所の社長は、すんでのことでマイカーの運転をあやまるところだったとあとで言った。私もそれを知っていたので朗読は名高いプロの矢島正明《まさあき》にまかせた。

テキストは「週刊新潮」の写真コラムで、CMを加えて一回五分前後、はじめ既刊「やぶから棒」「良心的」まで読み進んで、最近は近刊「自分のことは棚にあげ」新潮社よりと出所を明らかにしたから、本は出たのか出ないのかと問合せが当然ある。ところでこの題は仮のもので「死ぬのだい好き」のほうがいいと私も思うし、皆々一笑して同じくこのほうがいいと言う。

人はすべて自分のことは棚にあげて他を難ずる存在である。私は棚にあげないことを唯一の取柄《とりえ》とする者だから、このタイトルはふさわしくない。読了して反語に似たものかと気がついてもまあ手遅れである。

朝ごとに新聞を見てリベートやワイロを貰った高位高官を非難する読者は、貰う席に坐れなかった人で、坐ればとるにきまっている。むろん私もとる。あれは税金を奪われない唯一の金だ、くれないから貰わないだけなのに新聞は読者を自動的に正義漢にできるから朝ごとに書く。正直者はバカを見ると書くのも、読者はみな正直だったから貧しいのだという迎合である。

正義と良心を売物にするのは恥ずべきことだ、五・一五や二・二六事件の青年将校は正義と良心のかたまりだった。正義は老齢の犬養を、高橋を殺した。万一天下をとったらまっさきに粛清しなければならないのは同志だという自覚さえないほど彼らは正義だった、当時の新聞は彼らの味方で、テロはいけないがその憂国の志は諒とすると書いた。

昔のことではない。朝日新聞は文化大革命を支持した、毛沢東に次ぐ林彪の死を秘《かく》した。新聞の命はインキの臭いのする二時間だ、読者がたちまち忘れることをあてにして書いている。それもこれも中国の機嫌を損じることを書くと特派員が追放されるからだ。産経新聞は最も早く追放されたが、特派員なんかいなくてもよい記事は書けるのである。「人民日報」その他にこの何カ月林彪の名を見ない。何事かおこっている。いつから見なくなったかさかのぼって「失脚か」と書くことができるのである。

私はラジオで「特派員国を誤る」と言った。いかなる原稿も掲載されることを欲する。戦前ドイツの破竹の勢いに目がくらみ、ドイツと仲好くしようとするのに驚いて、日独防共協定なんか結ぶな、英米を敵に回すぞといくら没書にされても書いた記者がいた。

特派員は本国デスクの気にいる原稿を書く。特派員仲間は「よせ」といった。左遷させられるぞクビだぞ。イヤおれは邦家《ほうか》のために書く。そのために新聞記者になったのだと言ってなお送り続けたから仲間は村八分にした。

もと毎日（当時日日）新聞の林三郎という老記者が実名をあげて書いていた。再び原稿というものは掲載されることを欲する。没書になるときまった原稿を送り続けるのはバカ呼ばわりされる。

どうしてそんなに謝るのとわが国民の過半は不服である。新聞は陛下にお詫びの言葉がなかったと書いた。ソ連べったり中国べったりの原稿を送り続ける記者ばかりなら、戦前新聞があやまったように戦後も同じく国をあやまる。

以上はみんな写真コラムに書いたことだが、ラジオで口頭で言うのはまた格別である。新聞は読者が忘れることをあてにして書いて、いつまでもおぼえている人は悪い人だと相手にしない。だから書くだけヤボであるが国家の存亡に関することである。

それにつけてもよくまあこんな放送を許したものだ。スポンサーは東京電力である。当時の会長は平岩外四である。この人は私のなが年の読者だそうである。かくのごとき発言を平気で許す人に私は深甚の感謝をしないわけにはいかない。

どうしてそんなに謝るのと問うて軍備がないからだと答えると、自衛隊があるではないかと言う。あれは憲法違反で、税金ドロボーだった。これだけの侮辱を与えた自衛隊員がいったん緩急あったとき、我らのために死んでくれると思えるのか。図々しい。憲法なんか改めればいいのである。戦後ドイツは四十三回アメリカは十八回フランスは十回改憲している。これらを言うことはなが年タブーだったのに、なに思いけんこのごろ読売新聞は書きだした。

出来てしまったものは出来ない昔には戻れない。故に原爆許すまじというのはたわごとである。ダイ・インと称して死んだまねするなんて正気の沙汰ではないと以前書いたが、十年ほど前私を囲む読者の会で、私は上品な一老婦人に「よくまあご無事で」と言われて二人はともども笑った。

「ラジオ日本」で、私はこんな話ばかりしてはいない。浮世のことは笑うよりほかないと笑う。センチメンタルな話、まれには美談佳話もしている。生きて甲斐《かい》ない世の中だ、死ぬのだい好きという話もしたが、べつだんブーイングはおこらなかった。皆さん遠慮は無用である。こんな発言をしても大丈夫なのである。ただ自己規制しているだけなのである。

（『文藝春秋』98・5）

情報化時代というけれど

「愚図の大いそがし」は今回で一〇〇回になる。記念にすこし長めのものを書けといわれたが、削りに削って短くするのを自分の天職のように思って長くするのを忘れてしまった。浮世のことは笑うよりほかないと言いながら、話の筋だけを通すに追われて削ると語気は荒くなる、とげとげしくなる。何が「笑わぬでもなし」だとこのごろ私は私を叱咤《しった》しているが、ままならないのがこれまた浮世なのである。

私が魯迅《ろじん》の名を知ったのは昭和六年十六歳のときで、佐藤春夫編集の「古東多万《ことたま》」誌上に於てであった。古東多万は言霊《ことだま》の謂《いい》で、佐藤春夫は当時すでに流行作家で、商業主義の雑誌にあきたらず友人知己に寄稿を仰ぎ高踏的な文芸雑誌を出そうと、佐藤の熱心な読者の尻押しで出したのである。装丁は中川一政、昭和六年九月創刊同七年五月まで九冊出して終っている。用紙は丸ごと手漉《てすき》の和紙で寄稿者は谷崎潤一郎、泉鏡花、永井荷風を始め、日夏耿之介《こうのすけ》、堀口大學、若手では井伏鱒二、小林秀雄、珍しや辻潤、高橋新吉、高田博厚の名が見える。

このなかに魯迅が再三登場したのである。魯迅は「改造」で紹介されたばかりで、まだひろく知られていない。私が早く読んだのは昭和六年武林無想庵がパリ近郊メエゾン・ラフィットにヴィラ（別荘）を前家賃で一年借りて、そこで共に暮していたからである。

武林文子は半年もいたろうか、日本にかせぎに行って帰るつもりで旅立った。家族は小学生のイヴォンヌと無想庵と私と、ディックという犬だけになった。

日本から来るのは「改造」と「中央公論」の二冊である。そこへこの「古東多万」が加わった。外国で日本の雑誌を見るのはまた格別で、今は大方忘れたが当時は一字一句読んで肝に銘じた。そのなかに魯迅の「上海文藝の一瞥」があったのである。

「上海文藝の一瞥」は講演で、訳者は増田渉で名訳である。以来私は東京へ帰ってからも増田訳の魯迅を選んで読んだ。

韋編《いへん》三たび絶つというが「阿《あ》Q正伝《せいでん》」は繰返して読んだ。友にすすめたが面白味が分らぬと言われ、本は与えることはできても読ませることはできない、読ませることはできても、面白がらせることはできないと知った。

「藤野先生」は読ませて喜ばれる小品だが、「東京も相変らずであった」という書きだしはすこし妙である。

「そして私は質屋へ行こうと思いたちました」これは宇野浩二の「蔵の中」(大正八年)の書きだしだがだしぬけに「そして」とは何だと読者は怪しむ。宇野はボンジュール・ムッシュウを晴れたり君よと訳した人である。この「そして」は昭和十年になっても新鮮に聞えた。

宇野ほどではないが、魯迅の東京も相変らずであったはすこしくへんである。だからいまだに記憶している。魯迅は明治三十五年に留学生として仙台の医学専門学校に学んで中途退学したが、その前後八年わが国にいた。日露戦争のあとさき支那の留学生が何千人もいたことがある。これまであなどっていた日本が清国と露国と戦って勝ったからである。周恩来も蔣介石も当時の留学生である。

私は「魏晉《ぎしん》の文学と薬と酒の関係」と題する講演を想起せずにはいられない。一九二七年というからわが昭和二年、魯迅は当時の政権者国民党に生殺与奪の権を握られていた。この講演次第で生かすか殺すかきめるべく彼は壇上に立たされた。魯迅は受けて立って神色自若《しんしょくじじゃく》として講演を終った。魏晉の時代相を借りて時局を諷したが、何しろ千六、七百年昔のことである。まさか現代を論じているとは思えない。ことに文章と酒と薬の関係についての話である。言葉は紆余曲折して弁士の意図那辺《なへん》にありや聴き手に分っても官辺に分らぬよう工夫してあるので魯迅は見逃された。魯迅はこの講演の直後監視の目を盗んで広東脱出に成功した。

私が魯迅に深入りしたのは「藤野先生」が専ら読まれて「阿Q正伝」が読まれること少いからで、また「魏晉の時代相と文学」が読まれることさらに少いからである。私は冒頭から魅せられた。

――支那文学史を研究することは容易でない、古いところを研究するには資料があまりに少く、新しいところを研究するにはこんどは資料があまりに多い。

――歴史上の記事と論断はあてにならない、信じられないところが多い、某朝の年代が長ければそのなかには善人が多く、短かければたいてい善人はいない。年代が長ければ歴史を書くものは同朝人で、当然同朝の人物に迎合する。歴史が短かければ歴史を書くものは別朝人で、自由にその異朝人を悪く言える。魏の曹操の時代は極めて短いので悪く言われること多いが、実は曹操は一個手腕力量のある人物で、私は彼に感服している。

まだまだあげたい。ことに酒と薬の関係、わが国では馴染《なじみ》の竹林の七賢人についても言いたいが、私はかねがねひとことで言え、手短に言えと言っているもので迂回しすぎた。私は五・一五事件のときはパリにいたが、二・二六事件のときは東京にいた。前の晩の大雪をおぼえている。第一報に接したときは「まさか」と思った。人は食えるかぎり革命はおこさない、昭和十一年は食えたのである。

小津安二郎に「大学は出たけれど」という映画がある。昭和四年の作だからまだ無声映画である。あのなかに昭和四年はぎっしりつまっているはずである。東大を出ても十人のうち三人しかまともな就職ができなかった時代である。カフエーのエログロが極に達した時代である。だから国民は満洲事変を歓迎したのである。すぎし日清日露の戦争も一年前後で終っている。第一次世界大戦ではわが国は漁夫の利を占めた。

戦争は不景気を吹きとばしてくれるもの、儲かるものだったのである。はたして満洲事変は短時日で終った。理科系の大卒は忽《たちま》ち売切れた、ことに航空学科（という科があった）はひく手あまただった。浜口雄幸、犬養毅、高橋是清、渡辺錠太郎たちはなぜ殺されたか。五・一五、二・二六両事件には情報が多すぎて分らない。ひとことで言えというのに言わない。

「君、靴ぐらい脱いだらどうだ」「話せば分る」と言うのに「問答無用撃て」と命じたというたぐいの情報ならいくらでもあった。だが犬養はなぜ殺されたかひとことで書いたものはない。書いてあるかもしれないが、さがすに万巻の書を読まなければならない。犬養は孫文の友である。満洲事変の否定者である、満洲国建国にも反対である。陸海軍の不穏分子三十人を免職にせよと言ったと伝えられる。生かしてはおかれぬ。高橋是清は軍部の予算を狂気の予算だと削りに削った。当時の海相はこの予算を通さなければ国防に責任を持てないと辞表を懐ろに高橋とわたりあった。高橋も死ぬ覚悟でとうとう削った。生かしてはおかれぬ。相沢三郎中佐は台湾に赴任する途次、上京して永田鉄山中将を訪ねて白昼斬殺した。憲兵隊員が礼をもって同行を求めると相沢は応じて訊問に答えて、永田を殺したのは忠義のためである。めでたく自分の責務を遂行した。これから台湾に赴任すると言って平然としている。狂人ではないことは憲兵にも分るし読者にも分る。文字には不思議な力があって相沢が狂人ではないと記者が思って書けば、かくしたつもりでも伝わるのである。

分らないのは教育総監渡辺錠太郎がなぜ殺されたか、である。渡辺は陸軍切っての読書家で勉強家で、その読書量と理解力は並のインテリの及ぶところではないそうで、その代り世事にうといこと、昭和十年天皇機関説はけしからぬと世間で騒いでいる最中、名古屋の偕行社（陸軍将校のクラブ）で「天皇機関説でいい」と講演したことによっても分る。

天皇は機関だといったら当時の日本人なら立腹する。現人神《あらひとがみ》である天皇陛下を「機関」とは何ぞ、不敬ではないかと国民百人のうち九十九人は言う時代である。大正時代は機関でよかったが、今はいけない。まして軍人のクラブで話すのは時代感覚がない。ただしこれは表向き、教育総監は眞崎甚三郎だった。それが渡辺にかわった。渡辺は気がつかないが、この眞崎は二・二六事件の将校がかついで組閣しようとしたかげの黒幕である。眞崎は青年将校をそそのかして、青年将校は信ずべからざる眞崎を信じてあとでほぞをかむが、当時は教育総監のポストを渡辺が奪ったと誤解して殺したのである。

渡辺を殺せば眞崎が復帰できるかというとそんなことはない。渡辺は殺されなくていいのに殺されたと書いたら、渡辺錠太郎の孫と名乗る人に電話で「祖父はなぜ殺されたか。いまだに分らないでいる。改めて教えてくれ」と言われてこれにはびっくりした、この孫は祖父の死に関する本をずいぶん読んだはずなのに、以上のことをひとことで書いたものがなかったのである。

書いてあることといえば「桜会」の頭目《とうもく》橋本欣五郎大佐その日のいでたちは——などという末梢ばかりである。桜会の革命は不発に終った騒ぎで、陸軍というコップのなかの嵐である。いずれにせよ書くには及ばぬことに力こぶいれ、肝腎なことを書いてないのである。

三十年ほど前情報化時代といって大騒ぎしたことがある。テレビや映画の情報は文字のそれの百倍千倍ある。文字は写真の敵ではないとマクルーハンは言ったが、果してそうか。

情報はただダブるだけである。試みに朝五時のニュースと六時のそれと七時のそれを見よ、全部同じであること新聞の早版遅《おそ》版の如しである。天《あめ》が下に新しいことはないのだから、この世にニュースはないのである。それをあるように見せるのがジャーナリズムなのである。

航空機の事故は全部同じだとは以前書いた。すでに出発して○時間経っている、燃料は尽きている、音沙汰はない、十中八九墜落したと思うよりほかない、遺族は続々集まっている、会社に誠意がないとつめよっているというから見るとつめよっている顔つきまで十年前の二十年前の顔つきと同じである。だから違う証拠に死者の顔写真をほしがるのである。これが唯一の証拠だからである。

魯迅は情報はありすぎると真相は分らなくなると言った。山一證券はなぜつぶれたか情報は山ほどあった。

（『文藝春秋』98・6）

山田正吾

山田正吾推薦の辞を述べさせていただきます。山田正吾といっても知る人ぞ知ると言いたいが、誰も知りません。だから推します。賞はいま千だか千五百だかあるそうで、その一つもこの人に贈らないのは賞というものの性質を示しています。賞はありすぎると重なって、甲社の新人賞を貰った同一の人物が乙社の新人賞を貰ったりします。芸術院会員が文化勲章を貰うのは恒例のようです。

以前私は「賞はくせもの」と題するコラムを書きました。芥川龍之介は軍人は小児に似ている、勲章が大好きだ、軍人が白昼勲章をぶらさげてよくまあ歩けるなあというほどのことを書きました。芥川在世のころ賞はほとんどありませんでした。ことに文士はアウトロー（外道《げどう》）ですから貰う見込はありませんでした。見込のないうちは嗤《わら》うことができますが見込が生じると嗤わなくなります。フランスの各界第一人者はアカデミイの会員になるのが畢生《ひっせい》の望みで「女優ナナ」の作者、ドレフュス事件で体制に楯ついたエミール・ゾラでさえ会員になりたくて暮夜《ぼや》ひそかに運動して、落選を繰返してもなお運動を繰返しました。芥川は早く死にましたが、のち自分の名を冠した賞を与えるほうに回ったのは皮肉で、まことに賞はくせもの又は魔ものであります。

山田正吾は東芝の古い社員でのち役員待遇になりましたが不遇な人で「三種の神器」を普及させ、何より電気釜を創造して婦人を重労働から解放した人です。三種の神器とは電気釜、電気洗濯機、電気冷蔵庫の三つで、いずれも戦前からありました。たとえば東芝国産の電気冷蔵庫第一号は昭和五年からありました。日立、三菱がこれに続きました。

ただ冷蔵庫は一台七百二十円もしました。昭和五年の七百二十円は中古《ちゅうぶる》の小住宅なら一戸買える、今なら二千万円以上しましたから買うのは成金《なりきん》か一流ホテルくらいで一般はそれが存在することさえ知りませんでした。家庭電気製品で戦前最も普及したのは電気アイロンで、これは昭和十二年東京なら四戸に一台あったと言います。ほかに扇風機もあったほうですが、多く営業用で家庭にはまだありませんでした。大正十二年八月五日都新聞の三行広告に「貸扇風機一夏八円」とあったくらいです。古新聞で偶然見ました。

冷蔵庫は氷《こおり》冷蔵庫の時代で、中流にも上、中、下があって冷蔵庫は中流の「中」以上の家庭ならあって以下にはありませんでした。したがって魚屋八百屋は家庭に冷蔵庫はないものとして仕入れなければなりません。あとで触れますがこれは重大なことです。

これらがようやく売れはじめたころ、あの大戦争が始まって製造は禁じられ、敗戦を迎えこんどは占領軍の「特需」として売れました。ところが洗濯はメイドにさせたほうが安上りだと占領軍は気がついて特需の注文はぱったりやんだのでさあ東芝は困りました。敗戦直後は人手はあり余ってメイド志願者はいくらでもいたのです。

洗濯機は日本人に売らなければならなくなった、特需の値段では売れない、安くするには大量生産しなければならない。山田はまず女性を重労働から解放すると広告しました。子供が五人いて老夫婦がいたら毎日洗濯ものの山です。それをたらいで洗うのです。洗濯板と棒状の洗濯石鹼を武器に素手《すで》で立ちむかうのです。子供は外で遊んでドロだらけです。布団は皮をはいで洗って伸子《しんし》または張板《はりいた》にはって干して、再び縫って布団をくるみます。その重労働をまぬかれるといくら言っても買ってくれない、一時は日に二十台まで落ちました。かくてはならじと山田は街頭で実演しました。

見ればひと目で分るが食うに追われて買えない。二万八千円では買えない客が大部分で、そこで月賦の道を講じたらみるみる売れだしたからこの実演手わけして全国でしました。勢いに乗じて電気釜を売出しました。電気釜のモデルはアメリカにはありません。はじめから国産でなければなりません。冷蔵庫、洗濯機は山田ひとりの手がらとは言えますまいが、本式の電気釜の創造は東芝の山田からと言っていいでしょう。

以来なん十年主婦はあの洗濯から、また早朝の炊事から解放されました。解放されたから山田正吾は忘れられたのです。というより賞というものはこういうものなのです。同じ人に重なるのはわけがあるのです。受賞者をさがすのが面倒なのです。かりに芥川賞ならその賞を受賞した人にむらがって受賞後の第一作をもらえばいいのです。全く無名の人をひとりで推すのは怖いのです。発見したものは全責任を負わなければなりません。

故人平塚らいてう（雷鳥）は「青鞜《せいとう》」を創刊したウーマンリブの元祖ですが、平塚を認めるなら山田をもっと認めなければなりません。全婦人をあの重労働から解放して、海外旅行、グルメのまねごと、余暇のあまり不倫までできるようにしたのはみんなあの三種の神器です。うち冷蔵庫は直冷式冷凍冷蔵庫に改め好評を博したと聞きます。

さて私はこの冷蔵庫のおかげで日本の食卓は季節感を失ったとみています。季節のない蔬菜《そさい》しか知らないで、グルメだのグルマンだのとは片はら痛い。篤農家の動機は「欲」です。巨大な苺は戦前からありましたが、あれは苺ではありません、裏を返すと尻が青白くブキミな化物だとある時山田正吾に言いましたところ私が老荘の徒《と》だと漠然と知る山田はそんなつもりじゃなかったと頭をかかえました。山田は諧謔を解する人で、かたがた受賞を喜ぶ人です。浮世は矛盾に満ちたところで、ゆえに推薦します。

（『文藝春秋』98・1）

冷蔵庫革命

戦後全盛を極めたものは、すべて戦前からあったと前号書いたが、ただありかたがちがっていた。電話、扇風機があったことはご存じだろうが、電話は会社と会社をつなぐにはなければならなかったが、一般にはなくてもよかった。

私は昭和十六年度の文藝春秋社の「文藝手帖」を秘蔵しているが、巻末の執筆者名簿を見ると、当時の流行作家石川達三、丹羽文雄、横光利一たちの家には電話がない。電話には「権利」という理不尽なものがあって大金をとられたから、それに必要がなかったから引かなかったのである。並の作者でも編集者のほうが訪ねて来たから電話をひくに及ばなかったのである。

驚くべきは古い新聞記者の懐旧談を読むと、五・一五や二・二六のような大事件にも記者たちはデンポーでたたきおこされている。

俗に三種の神器といわれたすべては戦前からあったとは既に書いた。ただ昭和五年電気冷蔵庫東芝第一号は七百二十円もしたから上流中の上流でなければ買えなかった。買えないものは存在しない。魚屋八百屋は中流以下が相手だから旬《しゅん》のものを仕入れなければならない。すなわち戦前には旬がまだあったのである。

私は子供のころ明治四十なん年発行の母が使った「年中惣菜の栞《しおり》」という本を見たことがある。菊判（いまのA5判）全一巻四百余ページの大冊である、春夏秋冬に分れていて、一日一ページをあてている。簡潔につくり方まで書いてある。むろん三度々々米の飯を食べている。驚くべきは欄外に三百六十五日の弁当のお数《かず》が書いてあることで、三百六十五日ぶん違ったものを並べられるのは旬があるからである。洋風のもので普及しているのはフライ、カツレツ、コロッケくらいである。

魚は味噌煮、てり焼、塩焼、肉は雞《にわとり》が主で牛《ぎゅう》、次いで豚の順である。白あえ、ごまあえ、ぬた、酢みそ、ほか今は見ない懐しい惣菜料理が並んでいる。

三百六十五日、一日一ページよく書けると思うがそれは旬のものがあるからである。旬は走り、出盛り、終りがあって来年まで出ない。

明治三十六年村井弦斎の「食道楽《くいどうらく》」が出た。弦斎はアメリカ帰りで報知新聞の編集長で小説食道楽（くい道楽と読む）を連載して、春の巻夏の巻以下全四冊を出して、あまりの好評に全二巻に改め十年間ロングセラーになった。料理の本は江戸時代からあったが、その集大成に洋食を加えたから歓迎されたのである。初版明治三十六年、冷蔵庫はまだないものとして書いている。主人公はお登和《とわ》さんという妙齢の美人で、稀な料理好きで今でいう研究家みたいなところがあり、不思議なことにこれが小説仕立てになっていて好評である。読むほうは和洋折衷のパロディをつくって普及したのもあり、しなかったのもある。ライスカレーのごときむろん本式のインド風を紹介しているが、今様にしたものが出ている。大正時代の洋食屋にはお登和亭、お登和軒を名乗るものが山ほどあったそうだが、今は一軒もない。同時に弦斎も忘れられたが、今の料理の本は多くこの食い道楽がモデルである。ただし最も大事なものが失われている。

それは旬である。私は温室ものの苺やトマトで育った。唐もろこしはかちかちのしかなかった。それを焼いて醤油のつけやきにして食べた。疎開してはじめて茹《ゆ》でて食べるものと知ってそのやわらかいこと甘いことにほとんど驚愕した。空豆《そらまめ》枝豆のごときの初物の味も疎開先で知った。野菜にも魚にも旬があって、なるほど一年の献立が春夏秋冬に分冊されたわけを知った。野菜にも魚介にもすべて初めがあり終りがある。秋茄子《あきなす》は嫁に食わすなという言葉があるわけがぼんやり分った。

戦後電気冷蔵庫と冷凍庫が普及して以来、私たちは神武以来のこの旬を失った。食膳には春秋を問わず何でも出て昔の王侯貴族を凌いだが、それは全部にせものなのである。私は本当の魚を知らない。寿司屋と客のやりとりは聞くにたえない。江戸前というが世界中の鮪《まぐろ》を買いあさって何が江戸前か。

ただ秋刀魚《さんま》だけはわずかに知っている。あれは九十九里沖で秋とれた。走りがあって盛りがあって終りがあってしめてひと月ない。巨大な冷凍庫が出来て以来それがいつでもあるようになった。場ちがいといって伊豆の沖で夏秋刀魚の大群を見ても昔はとらなかった。今はとって冷凍庫に保存して秋口になると売出す。ピンとしてとりたてのようであるが、秋刀魚の魂魄《こんぱく》は去って久しい。

人間の味覚ほどあてにならないものはない。人は目で食べる。トマトの形をしていればトマトだと思う。秋刀魚の形をしていれば秋刀魚だと思う。

瀬戸内海から東京に来たばかりの人は、東京の魚なんぞ食えないと鼻をつまむが、半年も経たないうちにグルメみたいな口をきくようになる。昨今の秋刀魚はなぜか大きい。目の下一尺（三〇センチ余り）ある。頭を落してない。戦前は必ず落したから皿をはみ出すことはなかった。

新聞はしたたる脂、強い匂いときまり文句を書くがあんなものじゃなかった。今のは焼くと棒のように硬直して秋刀魚のミイラである。ほかの魚も似たようなものだろう。

グルメも冷凍庫育ちだからそれを知らない、知っても言わない。言わなければ忘れる。されればといって電気冷蔵庫をとりあげて、なかった昔に返れない。この形ばかりの蔬菜と魚どもを食べて暮すよりほかない。よくしたもので、それで育ったグルメたちは返ろうとしない。私はひそかにこれを冷蔵庫革命と呼んでいる。（『文藝春秋』98・2）

アカと言うよりほかはない

昭和四十年代のむかし、団地に入居したくて銀行に金を借りに行くと招じいれてくれて、名刺を見て給料とボーナスを聞いて、内職の収入まで言わせて会社が無名だから貸せないと断られた話ならずいぶん聞いた。

勤めさきが一流でないことは名刺を見ただけで分ったはず、それが貸せないきまりなら言葉は慇懃《いんぎん》でも即座にことわるがいい。ひまをつぶして内職の収入まで根ほり葉ほり聞いてことわる。それだけの恥辱を与えて快をむさぼるとは、人間というものはいやなものだなあの思いを私はあらたにせずにはいられない。

住宅難は今も昔も変らないが当時はことにひどかった。だから私は一計を案じて大新聞の豆コラムに次のように書いた。

各人十万円ずつ出せ。十万円以上の銀行預金があるものは何十万何百万人いる。それが某日某時刻を期していっせいに百人。百人でいいから結束して一人十万円ずつ預金をおろすのだ、ただし特定の銀行でなければいけない。

たとえば虎ノ門銀行三和支店（仮名）からおろす。銀行は驚愕する、何ごとだろうと考えても分らない。その日のうちにこのうわさは東京中の銀行に知れわたる。この百人がいつわが銀行におしよせて来るか分らぬと思っていると、今日は丸の内銀行三菱支店（再び仮名）にあらわれた。たまりかねて「もし。そのお金何にお使いでしょうか」「貴行は貸してくれないから『住宅銀行』に預けがえする」。

むろん住宅銀行なんて実在しない。けれども銀行は大騒ぎになる。鳩首《きゅうしゅ》協議して「住宅銀行」を新設する。

私は銀行を制裁するにはこの手しかないと思って書いたのである。預金者は個人で無力である。個人だから組合がない。銀行はその預金者の無力をみてとって「ゴミ」扱いにする。たった百人でいい。各地に出没したらそれは力であると書いたら、一両日たって担当者がきて申訳けないが、これをまにうけて社会不安が生じる恐れがあると没書にされた。

「そうかい、それならほかの雑誌に出すよ」とさる週刊誌に出したが、何の反響もなかった証拠に諸君はご存じない。

こんなことを思いだしたのは言論の自由は言論が役にたたないから自由なのである、いつも永遠に役に立たないかというとそうではない。「尊王攘夷」「自由・平等・博愛」なんて空語は大衆を動かした。殺したり殺されたりした。

ペルリが来たから起った騒ぎである。攘夷なんて出来っこないことは下っぱはいざ知らず上のほうは知っている。その証拠に明治新政府成って直ちに開国したとき、攘夷の約束はどうしたとつめよるものがなかったことによっても知られる。上も下もぐるなのである。

ここにおいて私は「アカと言うよりほかはない」と思うのである。「朝日新聞はアカだからとらないよ」と勧誘員に言えば返す言葉がない。朝日はソ連べったりだった、中国べったりだった、あろうことか北朝鮮にまでへつらった。

韓国とは李承晩以来ながい困難な折衝の末、昭和四十年莫大な賠償金を払ってこれを以て最終の解決とすると互に署名捺印した。台湾とは昭和二十七年、インドネシアとは三十三年、ほかの国々とも片がついている。どうしてそんなに謝るのと国民は不服だが、その声は朝日には出ない。韓国が補償云々を言いだしたとき、新聞はこれを持ちだして一蹴すればいいのにしない。新聞の命はインキの匂いのする二時間である。読者が忘れているることをあてにしているのである。産経新聞をのぞく他の新聞はみんな朝日のまねっこだから同じく陛下に詫びのお言葉がなかったと残念がった。朝日は文化大革命を「造反有理」といって支持した。大虐殺をしたポル・ポト政権をかばった。社会主義は善玉で資本主義は悪玉だという図式に従って他の発言を封じた。

最も成功したのは日教組を手なずけて生徒に国歌と国旗を憎悪させたことである。試験は朝日から出るぞと教員に吹きこませたことである。日教組の力はすでに衰えたと言うものがあるがそうでない。いま新聞、会社、諸官庁、ことに外務省文部省のデスクは日教組の申し子に占められている。昭和天皇がなくなったとき朝日の編集局はもめにもめた。

死去と書くか、逝去《せいきょ》または薨去《こうきょ》と書くか、なかにはただ死んだと書けというものまであったがさすがにこれは相手にされなかった。読売が崩御《ほうぎょ》と書くぞと伝えるものがあると急遽崩御と書いた。崩御は天皇だけに用いる最大級の敬語である。読売が崩御と書いて朝日が死去または逝去と書いたら、不敬だと怒って読者が大挙して去るのを恐れたのである。商業主義の権化《ごんげ》である。今は旧にもどって敬語はいっさい使ってない。

彼らが争っているのは部数である。すでに読売に二百万部追いぬかれている。その読売はようやく朝日と反対の意見を掲げはじめた。憲法改正をタブー視するのはおかしいと言いだして、読売改正試案をかかげた。朝日とそのまねっこはこれを全く報じなかった。報じなければその事実は存在しない。正義と良心を売るのは最も恥ずべきことだと聖書にある。何を言っても聞く耳もたないならアカと言うよりほかかない。アカは生きている、ことに営業部に生きている、末端の集金人がある日ある時百人でいい、いっせいに「お前の新聞はアカだから」と断られたと報告あってはじめて朝日は自分の商業主義をさとる。アカという言葉にはいやな思い出がつきまとっていて禁じて私は使わなかったがこれを言うよりほかないから使う、よかったらどうぞと云爾《しかいう》。（『文藝春秋』98・7）

ファンレター抄

私は時々投書をもらうが、老若を問わず女流の手紙は当人は気がつかないうちに次第に恋文に似てくること妙である。ついこの間もエスカレーター上で転んだと書いたら、近ければ自分が看てさしあげるのに残念だ、入院するなら娘が勤務する病院は県下一です、娘はすらりとした美人ですとあるので私は微笑を禁じえなかった。

別になん年間も三日にあげず手紙をくれる主婦がある。日記のつもりで書いている。子供が二人いて三人目を生んで大いそがしになって、音信が絶えて今は十日に一度くらいになった。手紙はいつも笑いを帯びているのでこれなら活字になる、試しに書いてみたらとすすめたら次のような返事がきた。

——数で勝負のファンレターと心得ていましても、一度ほめて頂くと今までのものが皆々よかったように思われて正気に返るのに一両日を要しました。新年からは子供の昼寝の時間をすっかり読み書きに当てるべく家事を早目に片づけるつもりでおります。

暮に四つになる長女に〝お正月には毬《まり》ついてこーまを回して遊びましょ……のところを歌ってやりましたら、「毬ってなあに」と聞かれボールのことだよと啞然としました。私は母がうたう〝厚意謝するに余りあり、他日わが手に受領せば云々の「水師営の会見」もおぼえています。母方の曾祖母「たを」は慶応三年生れ、数え十三の年に嫁いだその夜お米はどのくらい研《と》いでおくのか聞いたそうです。しっかり者だったのでしょう、けれどもあくる朝は庭で毬をついていたという話が残っています。毬つく子を見なくなりました。雨の日は毬つきくらいさせようと思いましたが、自分が毬をつく「最後のひと」になるような気がして何だかいやなのです。かしこ。


ファンレターには一々返事は出せない。代りに「室内」最近号に「おん禮」と書いて送るがこの人「室内」その他の読者だから送るものがなくて失礼している。ためしに本式に書いてみたらと言ったらこちんこちんになってダメだった。いまだにファンレターにとどまっているのは惜しいから、承諾を得て手紙をダイジェストして「ミニ・レター」と「読者VS.読者」という欄に載せた。

——十月号の「戦前という時代」〈貸家あり〉のなかで広津和郎《かずお》がモーパッサンの

「ある一生」をわざと「女の一生」と誤訳したらベストセラーになったという話で思いだしたのですが、私は山本夏彦著「恋に似たもの」に強き慕情の類を期待したら、恋と化物は同じで実物は絶えて見ないというようなお話でした。「貸家あり」では家賃を払わない借家人のところにお母様が夏彦さんに「お前取立てに行っておくれでないか」と仰有るところを読んでこういう言い回しがすたれたことを惜しみました。このお母様がラジオの安藤鶴夫さんの義太夫をほめて「あれは芸人の芸じゃなし旦那芸でもなし、上品でまことに結構な義太夫でした」というお話、私も大好きです。云々。

次は今年（平成十年）四月号「戦前という時代」その⑳〈流行歌〉をふまえての手紙で、私は明治時代にはのちの映画館みたいに寄席が百以上あった、義太夫だけの席、講談と落語の席は別々、琵琶の全盛時代もあって昭和になってもまだ琵琶を習う小学生の女子がいて子供会で兎と亀を弾じるのを聞いた。〽兎と亀のかけくらべ、べべんべんべんここらでちょっとひと眠り　べんべん　これは寝すぎたしくじった（笑）聞いておかしくてたまらなかったのはもう琵琶が時代遅れだったからで、浪花節は戦後の昭和三十年代まで全盛だった。広沢虎造が最後の大立者、歌謡曲に押されて転向して成功したのが三波春夫と村田英雄、三波は「チャンチキおけさ」、村田は「王将」。

──私は昭和三十六年生れの主婦です（この人いつもこう書きだす）。四月号で昭和三十年代は実は戦前の続き、当時の二十代、三十代、四十代はみんな戦前の生れだから戦前と同じなのだというお説は腑におちました。私が子供のころはまだ詩吟が盛んで、大学には詩吟部がありました。私の父も詩吟を習っていたことがあります。よく頼山陽の「静御前《しずかごぜん》」を吟じておりました。これは漢詩のなかに静御前の和歌を一首挿入したもので、ペギー葉山の「南国土佐を後にして」のなかに忽然とよさこい節が現れるにも似て「詩吟なんて何でもありなんだから」と母は言いました。かねてから母は詩吟を怪しい芸能と思っていたのです。

父の詩吟の本には一茶の俳句まで載っていました。朗々と吟じられては一茶もびっくりでしょう。詩吟のことをあれこれ思いだしているうちに子供のころおぼえた「静御前」が口をついて出てきました。こんな意味があったのだなあと思ったとたん危うく涙がこぼれ、詩吟のよさが分ったような気がしました。けれども私の声は高く詩吟には向きません。声も見た目も薙刀《なぎなた》が似合うような凜々《りり》しいひとでなければいけないでしょう。

四月号では子供会で女の子が身に余る琵琶を抱《かか》え〳〵ここらでちょっと一ねむりべべんべんべんと語った（それで詩吟を思いだしたのです）件《くだり》もあって抱腹絶倒したのですが、

父の詩吟の本にも「兎と亀」が載っておりました。
まず童謡「兎と亀」をうたってから
亀さん亀さん　汝《なんじ》なんぞ遅き　兎は已《すで》にここにありと嗤《わら》って麾《さしまね》く
油断大敵一睡《ねむり》の裏《うち》　驚くべし決勝線上の亀
と続くのです。私もやっぱり詩吟は怪しい芸能だと思います。

（愛知県春日井市　浜田由紀子　主婦）

（『文藝春秋』98・8）

惣菜料理三百六十五日

三十なん年さがして見ることができない本がある。「惣菜料理三百六十五日」というたぐいで明治の末、大正の初めごろまでに出た本ならどれでもいい、つまり氷冷蔵庫がない時代の本である。

一度国会図書館のカードでさがしてみたことがある。「仕出しいらず女房の気転」をひいてみた。そもそもこれが見たさに国会図書館まで行ったのである。今でも魚屋の看板には「御料理《おんりょうり》仕出し」と書いたのがある。ほんとに出来るのか疑わしいが昭和十年前後までは出来た。別に仕出し（出前）専門の店があって、祝儀不祝儀や不意の来客にはこの店から仕出し料理をとってもてなした。

料理の本は仮名垣《かながき》魯文《ろぶん》の「西洋料理通」（明治五年）をはじめ夥《おびただ》しく出ている。花の屋胡蝶「年中惣菜の仕方」（明治二十六年）、なおカードを繰ると、あるある自在亭主人

「仕出しいらず女房の気転」（明治二十七年三月）これは歴とした版元博文館発行、定価拾銭である。

懐しいのは明治三十七年嫁にきた母が使っていた虎の巻である。一年三百六十五日、一日に菊判（今A5判）一ページをあてているから全四百ページの大冊で、最下段には毎日の弁当のお数《かず》まで出ていた。

思えば当時は三度々々米の飯を食べている。朝は味噌汁、海苔または納豆、玉子、つくだ煮、豆——豆は十何種類もあるが並の家庭に出るのはきまっている。おたふく豆、うずら豆、うぐいす豆、ふき豆、ブドー豆、あとは忘れた。

昼は塩じゃけか干物《ひもの》ばっかりだったような気がするが、むろんそんなことはない。本では少しく変化がある。私が知りたいのは洋風のものはいつはいったか（支那料理はひと足遅れた）、フライ、オムレツ、ライスカレーの順で、明治二十年代に東京では食べられたと聞いたからそれを確かめたいのである。

牛肉と豚肉はどちらが先きか。魯文の「安愚楽鍋《あぐらなべ》」（明治四年）は牛鍋屋《ぎゅうなべや》の繁昌記である。牛鍋の全盛時代はいつか、明治末年だろうが、牛鍋はすき焼と名を改め家庭にはいって牛鍋屋は滅びた。ライスカレーが先きかカレーライスが先きか、惣菜料理の本または新聞の「今晩のお数」欄にあらわれたほうが先きで、ライスカレーである。これも家庭にはいって少し上等なレストランでは出さなくなった。

私は船橋一の図書館に電話をかけて自分は昭和二十四年ごろ船橋市内の図書館に何度か通ったことがある者で、当時あったのは戦前の本ばかりだった。それらの本は今どこにあるか、最も古い図書館が合併吸収したはずである、新刊中心の開架式の棚にはない、閉架式の一室に保存してあるのではなかろうか、そのカードを見ることはできないか。

以上手短にレファレンスに聞いたが、何のためにそんな古本が見たいのか分らないらしい。書名と著者名と版元が分らないと検索のしようがありません。著者も版元も問わない、明治二十年代以降の惣菜の本なら何でもいいのです、「料理」のなかに「惣菜料理」という分類はありませんか。あります、最近マガジンハウスから一冊出ています。

あんた何も理解してないなと私は嘆じて冷蔵庫あらわれて惣菜は一変した。胡瓜、トマト以下何でも年中食べられるようになった、苺は巨大になりすぎた、あれは篤農家の尽力です、市川苺といって苺は市川の名物でした、今の苺の四半分もない小粒でまさしく苺でした。あんなに巨大にしたのは篤農家の「欲」です、裏がえして見てごらん青く無気味な色を放っています、化物です、私の見たいのは料理屋の料理じゃない。惣菜料理の本で、年代順に見たいのです、日本人が旬《しゅん》を失ったのはいつか、氷冷蔵庫は中流以下の家庭にはありませんでした、八百屋も魚屋も以下を客としましたから、戦前までからくも旬はありました。戦後の電気冷蔵庫の普及はご存じの通りです。それより冷凍庫の林立、戦後のサンマはけむが出ません、脂はしたたりません、季節はずれのサンマを冷凍して九月になって売出して、あれをサンマだと思わせて、戦後生れはサンマだと思って四十年になります。何がグルメですか。

昔と今の食膳を並べてどちらが豊かでどちらが貧しいか見たいのですと言ってようやく分ったようだが、あくる日さすがレファレンスで電話がかかった。

戦前の図書館の蔵書は船橋中央図書館に合併吸収したが、古い本は破棄したと聞いて、やはり国会図書館でなければならないのか、国会図書館なら船橋にとりよせてもらう便法があるが、それには書名著者名がなければと言われること同じだろうと落胆したというより実は行きたくないのである。

むかし何度か通ったころの悪い印象が去らないのである。それなら女子栄養大学だ、なくなった校長香川綾女史には一面の識がある、二十なん年前雑誌「栄養と料理」の編集について意見を聞きたいと請われてその時余談ではあるがと右の話をした。栄養大学の学生有志を動員して明治時代の惣菜の本、古雑誌古新聞の「今晩のお数」のたぐいをコピーすればことは忽ち成る、それを「栄養と料理」に連載したら好個の読物になるだろう。第一栄養と言いだしたのはいつか、大正年間までは滋養と言った。

森永ミルクキャラメルの箱には「滋養豊富」「風味絶佳」と二行に分ち書きしてある、森永は創業明治三十二年です、何なら僕が書きましょうかと言いさして口をつぐんだ。一座の面々が乗り気でないことが顔に出ていたからである。この上は古本屋を煩わせるよりほかないが、何しろ私は稀代《きだい》の愚図なのである。

（『文藝春秋』98・9）

21世紀は来ないだろう（再び）

21世紀は来ないだろうと今回は同じ話である。前回は笑いにして言ったが、むろん私は本気である。NHKの「週刊こどもニュース」は子供の質問に手短に答えている。「言葉の一分メモ」というのもあった。どうして先進国は原水爆を多く持つことが許されて、後進国がやっと持ったのを非難できるのでしょう？　日本はなぜ続いて非難したのでしょう。日本はアメリカの属国なの？

子供にこんな質問をさせて、手短に答えさせたら、さぞ溜飲が下るひともあることだろう。まず属国の自覚を持て、奮起して独立国になろうと、明治初年の壮士のように狂奔する若者が出てくるかとNHKは心配して（どうして心配するの）、かかる発言を採用しないが、よくしたもので子供たちも採用されない（だろう）質問なら発しないこと大人と同じなのである。両者はぐるであると甲子園の高校野球やオリンピックを例に書いたことがある。あれだけの人気と金が集まって腐敗しないわけはない。その同じ見物が高位高官の腐敗にあいそがつきたと言うのである。

そのいつわりのなげきと怒りをそそのかすために新聞は朝ごとにとるにたらぬ贈収賄まで記事にするのである。笑うよりほかない。江戸の大衆は役人は賄賂をとりたがるもの、責めるはヤボ、いくら取りかえても同じことだと言って笑った。自分もその席にすわれば必ずとる賄賂だと知っての上の笑いである。深くとがめないのは文化なのである。

機械アル者ハ必ズ機事アリ　機事アル者ハ必ズ機心アリ（荘子）というのは繰返すが私の大好きな言葉である。人間の知恵は孔孟老荘、諸子百家に尽きている。西洋ならソクラテス、プラトン、おおあのイソップに尽きている。

健康な人は本を読まない。読まないが人倫五常は知っている。風のたよりで知っている。本を読む人の書いたシェイクスピアや近松の芝居を通じて知っている。

デカルトの家庭では――ということは十七世紀の知識人の家庭では、奉公人までラテン語を話した。当時は読むべき本はギリシアローマの古典に限られていたから百冊余りである。デカルトは読むべき本をすべて読んで、自分が加える何ものもないことを発見したと言った。ソクラテスの科白《せりふ》に似ている。

モンテーニュもそうである。キケロ曰くセネカ曰く。モンテーニュを読むと、古人が曰《いわ》いてばかりいる。その間隙《かんげき》を縫ってモンテーニュ曰くはあるのである。私は老荘の徒《と》であるが、孔孟あっての老荘でいわば異端である。そしてこれも繰返すが孔子の子は孔子ではない。一からやりなおして孔子の域に達することはおぼつかない。堯《ぎょう》の子堯ならずと古人は一言で言った。

再三言うが人は哲学に絶望して目を機械に転じたのである。蒸気機関は一度《ひとたび》発明されればずっしりと存在するばかりか、跡継《あとつぎ》はそこから出発することが出来る。これにとびつかないでいられようか。

今はそれが嵩《こう》じた時代である。「何用あって月世界へ」と昭和三十六年地球は青かったと世界中が騒いだとき私は書いた。これだけで分る人には中学生でも分る。六十七十の老人でも分らぬ人には分らぬ。年齢というものはないのである。私は月世界旅行に何の関心もないからさらなる他の衛星への旅にも関心がない。

それより目下の急務は原水爆である。出来たものは出来ない昔に返れないという鉄則があることは何度もいった。ゆえに原爆許すまじと言うのはたわごとである。思想というものは大は原爆を、小はテレビを否定することができる。それを納得させることはできる。けれども取上げることはできない。

かくてテレビはいよいよテレビに、原爆はいよいよ原爆になるよりほかない。小国が持つことを大国がさまたげるのは我々が文明人の皮をかぶった野蛮人である証拠である。わが胸の底にあるのは昔ながらの色と欲である。

原爆を独占できたらさぞよかろう、世界を制覇できるとアメリカ人もドイツ人も思った。アインシュタインはドイツに先んじられるのを恐れて一刻も早く作れ、作ったら使えと当時の大統領に進言した。ドイツが降服して日本を爆撃する理由は全くなくなったのに一度ならず二度まで投下した。非戦闘員どころか赤子まで殺した。天人《てんじん》ともに許さぬ大虐殺だと子供に問わせて答えるがいい。

アインシュタインはさすがに髪かきむしって悔いた、来世はブリキ職人か行商人になりたいとなげいたというが、ほかの連中は後悔なんかしなかった。産業革命以来の科学者は自分の研究、自分の実験をア・プリオリに「善」だ「進歩」だと信じてつゆ疑ってない。社会主義国も資本主義国も同じである。東京大阪間汽車は八時間かかったものを四時間に、二時間に縮めた。これ以上は航空機で縮める。

産業革命以後人間は何をしてきたか。何度も言うが時間と空間を無限に「無」に近づけた。まっさきに成功したのは電話である。ファクスである。機械あれば必ず機事ありと古人が言ったのはこのことである。

世界中がいっせいに無にすることに成功する日は近い。今こそ哲学と宗教の出る幕なのにそれは出る見込がない。全くない。出てくるとすれば淫祠邪教《いんしじやきよう》である。そもそも哲学に、宗教に絶望して生じた機械信仰である。今さらもとへは戻れない。時間はもうない、21世紀は来ないというゆえんである。

ほら来たじゃないかと一両年経って私を嗤《わら》ってはいけない。私は象徴的な意味で21世紀と言っているのである。ある種の動物が全地球を覆ってわがままの限りを尽して許されるということはないのである。（『文藝春秋』99・1）

問答は無用である

「話しあい」というものはそもそも出来ないものだ、それを出来るように言いふらして信じさせたのは教育で、教育には強い力があると言うと、どれどれ異《い》なことを言うと乗りだして聞いてくれる人と、てんから聞いてくれない人にヒトはふた派に分れる。

この十年南京に大虐殺があったという派となかったという派が争っている。遅れて朝鮮人の慰安婦の強制連行があったという派となかったという派が同じく争っている。互に証拠をあげて論じあっていつ果つべしとも思われないから、私は読まない。読まなくても風のたよりでわかっている。

面倒くさいから手短に言うと私は南京大虐殺なんかなかったと思っている。「なかった派」である。南京は当時の首都である。時は昭和十二年十二月である。昭和十二年なら私はよく知っている。事変が始まって半年も経ってない。これまで日清日露の戦いも満洲事変も一年そこそこで終っている。首都が落ちればこの事変は終る。大衆にとって戦争は儲かるものだったのである。すでに失業率は激減している。各大学理工学部は全員売切れた。デパートに物資はあふれ、カフエー、バー、ダンスホールは満員で、この状態は昭和十四年まで続いた。

南京には従軍記者特派員文士画家が三百人近くいて記者は一番乗りを争っていた。南京の人口は二十万人である。三十万人殺せるわけはない。十万でも累々たる死屍に足をとられたはずなのに誰もとられてない。十年前なら従軍記者の過半は生きている。新聞は連日大座談会でも開けばいいのに開かなかった。新聞は大虐殺は「あった派」なのである。

慰安婦の強制連行もむろん私はなかった派である。あるはずがない、というのは昔から女衒《ぜげん》また慶庵《けいあん》といって女を売買する商売人がいて、それにまかせて日本軍は売笑婦の現地調達をしなかった。別に軍が道徳的であったわけではない。「民」にまかせる発想しかなかった。貧しい女たちは身を売って大金をかせいで親もとに送った。孝である。そのもと慰安婦が三十年以上黙っていて今ごろ言いだしたのは、金が目あてである。わが国の閣僚が強制はあったような発言をしたからである。一人ならず何人も謝罪して言質をとられている。

ブッシュ、クリントン両大統領も日本人記者に日本人に詫びる気はないかと問われ、毛頭ないと答えている。原爆のことと察したからである。もし謝罪したら補償問題がおこるかもしれない。アメリカ人に不利なことを大統領は言わない。ブッシュもクリントンも健康である。

自分の国の不利を招かないためにはサギをカラスというのが健康なのである。いわんやありもしない強制連行をあったという閣僚は日本人ではない。

パンパンという言葉ならまだご記憶だろう。アメリカはわが国を占領するや否や直ちに政府を通じて女を売買する商売人に元芸娼妓を集めさせた。慰安婦というから応募したら売笑婦だと分って怒って帰る素人女もあったが、やむなく応じた女もあった。

何事も慣れである。忽ち慣れて厚化粧して威張る女が多かった。往年のパンパンの過半はまだ存命だろう。強制連行されて凌辱されたと訴えて出ないのは彼女たちがモラルだからではない。相手にされないと知ってのことにすぎない。

日本はアメリカとは昭和二十六年、フィリッピンとは同三十一年、インドネシアとは三十三年、以下国交回復と賠償を全部果している。韓国とはながい折衝の末昭和四十年「日韓基本条約」で日韓の問題は「これをもって最終の解決とする」と大金を払って合意した。

もし蒸し返されたらそのつどこの条約をもちだして一蹴すればいいのにわが閣僚も新聞もしない。それどころか陛下に謝罪のお言葉がなかったと不服そうだから、若い読者にはこの条約の存在さえ知らないものがある。

けれども「どうしてそんなに謝るの」と聞いてみるとうなずかない老若はない。言い忘れたが北朝鮮は三十八度線下を韓国に向ってトンネルを何本も掘った。韓国は写真にとって世界中にばらまいたが、北朝鮮はあれは韓国が掘ったものを北朝鮮が掘ったと言いふらしているのだと言って平気である。

論より証拠というけれど、この世は証拠より論なのである。いかなる証拠をあげても大虐殺なかった派はあった派を降参させることはできない。話しあいはできないのである。ここにおいて暴力が出る幕なのである。暴力は自然なのである。正義は常に双方にある。

わが国には自衛隊があるという。あれは憲法違反であり税金ドロボーだった。国民の支持と敬意のない軍隊は軍隊ではない。これだけ侮辱された自衛隊員の誰が国民のために死んでくれるか。

憲法九条を改めればいいのである。ドイツは四十三回、インドは七十四回、フランスは十回改めている。改めることをタブーにしているのはひとりわが国だけである。読売新聞は憲法記念日に憲法改革試案を大々的に発表した。朝日新聞その他はこれを全く無視した。改憲論をタブーにする勢力はなお強力である。
私はわが国はアメリカの属国または植民地だとみている。共産圏は崩壊したがそれまでわが進歩派にはソ連または中国の属国になって、直ちに改憲して軍隊を持つつもりの者どもがいた。真の独立国になる気なんか当時も今もないのである。人は食える限り革命しない。独立国だと自らあざむいて、私たちは半世紀枕を高くして寝ていたのである。なお寝ていられるつもりなのである。

（『文藝春秋』98・10）

理解無理解

この五、六年しばしば行くメンバーだけのバーがある。バーとは名のみの西洋居酒屋で、夫婦だけで店を張って三十七年になるそうだから、メンバーも主人と共に年をとりつつあるのが難である。

客に近所の薬屋の旦那あり、東京大学の教授あり、女流の建築家まであって一堂に会すると賑やかだが客商売というものは満員客どめの日があるかと思うと、人っ子ひとりいない日もある。

そんな日でも必ず一人はいる常連と、私は友になった。昭和天皇崇拝で「諸君！」の読者で、したがって巻末の私の小文も読むが、一行一行の字句は分っても全体としては分らないと言ってきかない人である。齢は四十半ばの好男子だと、あるとき名をあかさずそれと分るようにわがコラムに書いたら、こんどは美男子と書いてくれと言うので一座は爆笑した。

私は読者の讃辞より読んで皆目《かいもく》分らぬ、頭が痛くなるという人の意見を聞きたがるほうで、折に触れて問うが読み手は分らぬ理由を書き手に伝えることはまあ出来ない。

むかし室生犀星は、ふとまんなかから読みだして、冒頭に返って読了したと言う人があるが、それは作者が乗りだして読ませたのだと言った。

活字が背のびして呼びかけているから、ついまんなかから読んだのだ、活字にはそういう力がある。縁のないものは一瞥しただけでまたいでいく。そして私のコラムは十人に九人はまたいで、目をとめて読んでくれる人は一人なのだ。読まない人になぜ読まないかを聞きだすことはできない。

むかし私は戯れに私のコラムの回りには一木一草《いちぼくいっそう》生えないと、いわれた。何か知らないが不吉なことが書いてある気が、敏感な常識人にはして、そそくさとページを繰って、それが習い性になって、そのページはそもそもその雑誌に存在しなくなるのである。

私の連載は十年二十年はなはだしいのは三十年続いているのに、「えッ、どこに、どこに出てるの？」と問われることがよくある。だから私はその好男子に折にふれてどこが難解なのか問うのである。

貴君はどうしてむずかしい字を使うのか、あんな字見たこともないと、繰返して言うから、あれはわざとだよ、読者はリズムに従って読んでいる。騎虎《きこ》の勢いで読んで、なかに見なれぬ字句があってもそれは分るのだよ。たとえば私は罵詈《ばり》讒謗《ざんぼう》と書く、罵詈罵倒ならまだ生きている、罵詈雑言も知らないとは言わせない。それなら罵詈讒謗は似たようなものだと読み進んだ勢いで分って、当らずといえども遠くないのだ。罵倒でもいいと言えば言えるがここは讒謗と書きたい。明治初年わが国は「讒謗律《ざんぼうりつ》」で国に盾つく不平分子を引っくくったことがある。

いかにもまがまがしい感じがして使いたいのだ。再び漢字にはそういう力がある。ついこの間まで「ら致」と書いていた新聞が「拉致」と書き出したではないか。

それより敗戦の詔書、あのなかに馴染の字句があったか思いだしてもらいたい。

「戦局必スシモ好転セス世界ノ大勢亦《また》我ニ利アラス加之《しかのみならず》敵ハ新《あらた》ニ残虐ナル爆弾ヲ使用シテ頻《しきり》ニ無辜《むこ》ヲ殺傷シ（略）

然レトモ朕《ちん》ハ時運ノ趨《おもむ》ク所堪ヘ難キヲ堪ヘ忍ヒ難キヲ忍ヒ以テ万世ノ為ニ太平ヲ開カムト欲ス」（注。勅語は片カナ。また句読点濁点半濁点をふらない）

目で見れば分るが耳で聞いたのではちんぷんかんぷんである。ただ「しきりにムコを殺傷し」と、「忍び難きを忍び」と聞いて「ああ降参したんだな」と分って、北支、中支、南方の派遣軍まで白旗を掲げたのだ。だから分らないのは字句のせいじゃない。話頭が転々とするからだろう。

貴君はまねてまねてまねせよと言う。歌も踊りも手習いもまねから出発する。弟子は常に不肖であるという。

乃公《だいこう》(オレ様) 問う。不肖が難解か。肖像画、不肖の子と言うではないか。師匠は自分に及ばない弟子が可愛いのだよ。師匠を凌いだらもう弟子でもなければ師匠でもない。去って出て行く。弟子はまねしているうちに退屈する、退屈しない弟子は永遠の弟子だ、オリジナリテのある弟子は百人に一人、千人に一人あるかなしかだ。

貴君はさっきまねしてまねしてまねせよと言いながら退屈しないのは不肖の弟子だ、不肖の弟子ほど可愛いものはないとは支離滅裂じゃありませんか。その上とんではねるのが何より自慢だなんて、ぼくにゃ分りかねますよと、ようやく核心にせまったので私はやや釈然とした。

一枚の紙にも裏とおもてがある。言葉は時間の秩序に従って言われる。裏おもてを同時に言うから分らないのだなと私は納得したが、さりとてこれを諄々と説いては面白くない。ここはやっぱりとんではねるほかないと私ははねるのである。

もう一つ「話しあい」はできない。イデオロギーが違ったら、と言うと、もう頭にきてそれからさきは聞こうとしない人が多い。南京に大虐殺があったという派と、なかったという派は永遠に話しあいはできない。韓国と北朝鮮もできない。ここに於て暴力が出る幕だというとまじめ人間はこれ以上聞くまいとする。

銀行は（大蔵省は）国民の敵ですぞと私は二十年も前から書いている。ノドまで出かかっている人はパチパチ手をたたくが、その人だって虐殺はなかったと言えば手をたたくかどうかは分らない。私はそれを頼り甲斐ない読者だとひそかに思っている。けれどもこれを読者から除くと読者はなくなる恐れがある。読者百人説を唱えるゆえんである。

言葉は言い方が悪いから通じないのではない。聞きたくないから通じないのである。聞きたくない話をうまく言えば言うほど聞き手は機嫌を悪くする。だから新聞は百万読者の機嫌を損じることは書かない。ほんとは値上げが好きなんだと「主婦連」に言ったら、まず理解しない。巧みに話せば話すほどそれからさきは聞かない。まじめ人間と主婦連は仲間である。そしてこの世はまじめ人間の天下なのである。

（『諸君！』96・1）

宝塚と私

天海祐希《あまみゆうき》の名を私は知らなかった。宝塚歌劇団のスターで、それが平成七年十二月二十六日限り引退するときまって、いま大騒ぎだと「文藝春秋」一月号で読んだ。天海祐希は宝塚きっての男役だそうだが、それは宝塚ファンの間だけの話で並の男たちは知らない。涼風真世、日向薫の名を何と読むか知らぬが如しである。宝塚にいる間はスターでも去ってしまえば尋常な婦人である。

この機会に宝塚で名だけでも知っているスターを並べてみる。まず天津乙女《あまつおとめ》である。この人は大正年間の花形だから古い。昭和初年舞踊劇「棒しばり」を演ずるに当って六代目菊五郎に教えを請うたら、六代目が快く応じたと新聞に出たからその名は全国に知られた。教えてもらうにも資格が要る。これは彼女と宝塚の舞踊水準を示すと見ていい。

有馬稲子ならその実物を知っている。私の本をベッドのなかで二、三ページ読むとじきねむれる、枕頭の書だという。そのなかの一編「新劇だいっきらい」を見てパッと目ざめ「あたしのは新劇じゃない、一度見てくれ」と招かれて両三度見た。

この人二代目である。初代有馬稲子は天津乙女とほぼ同時代人である。その子が入団したから名を継がせたのである。二代目有馬の名は映画女優として知った。いまは舞台に専念して「越前竹人形」「はなれ瞽女《ごぜ》おりん」を持って日本中を回って成功している。

たった一度ではあるが、私は本ものの宝塚を見たことがある。昭和五年、十五のとき兵庫県御影《みかげ》在住の父の旧友川田順の家にしばらく逗留したころ、所在ないままますすめられて宝塚を見に行ったのである。怏々《おうおう》として楽しまない少年だったから、いわゆる見れども見えずでただパリゼット、ミディネットと、すみれの花咲くころという歌の節をおぼえただけだった。

天津乙女や有馬稲子の芸名は百人一首からとったと聞いた。「あまつ風　雲のかよひ路《じ》吹きとぢよ　をとめの姿しばしとどめむ」「ありま山　ゐなのささはら風吹けば　いでそよ人を忘れやはする」

ただし宝塚が全盛になると、百人一首からはとりきれない。月丘夢路、久慈あさみなんか和歌とは関係ないようだ。まして天海祐希は何に因《ちな》んだのか見当もつかない。

旗雲朱美、本名山崎陽子も宝塚出身である。戦前は小学校を出て入学したものは三年、戦後は高校を出てから入学したものは一年が予科で次いで本科に進むが、学校だからすこしは月謝をとる。端役でも舞台へ出るようになると手当が出る。

山崎陽子が入学したのは昭和三十年で、居ること三年七カ月、準主役の男役として売出したころ良縁を得てさっさと実業家夫人になってしまった。かたわら童話を書くこと三十なん冊、劇団「樹座」のミュージカルの脚本を書くこととこれも二十年近くなる。もう一冊「あのう…ですから、タカラヅカ」(小学館)の作者である。なかに宝塚の勉強時代が書いてある。この人堂々たる美人なのに惜しいかな笑い上戸で、美人は笑いすぎては台なしになると忠告してもきかない。「だってタイトルが『笑わぬでもなし』じゃありませんか」。有馬稲子も新刊「バラと痛恨の日々」(中央公論社)のなかでもうひと時代前の宝塚時代を書いている。

宝塚は入学試験に合格したらまず音楽学校の生徒で、近所の住人はともかくあとは全寮制である。有馬は掃除洗濯を手早く片づけ教室へかけつけ、日本舞踊、声楽、ピアノ、バレエその他もろもろをたたきこまれた。ラインダンスの脚が揃わぬとむちでその脚を打たれた。教室から教室へかけつけ寸暇がない。それでいて長幼序あり、坐るに席あり、一年でも上級の生徒は立てなければならない、いまだにそうだという。

つい最近私は招かれて山崎陽子作「ひとりミュージカル」を見に行った。演ずる者はつい四、五年前までの宝塚の男役スターだったから見物のなかにもファンがたくさんいた。

私はこりゃ東大だなと思った。宝塚は東京大学に似ている。東大は大学のなかの大学である。ひとたびこの大学を出ると夢寐《むび》にもそれを忘れることができない。客があると遠まわしに自分が東大出であることを知らせたがる。相手が気がつかないと、何とか知らせようとする。それでも気がつかないふりをしていると、帰ってその日は不機嫌である。世には細君にも言えない不機嫌があるのである。

めったにないことだが東大卒が東大卒と初対面でそれと分ると狂喜する。齢が十も十五も違うのに、共通の知人がいないかとさがして、ようやくさがし当てると、その知人の逸事を語ってこれで友となる糸口をつかむのである。

これを人脈という。卒業年度による序列がある。卒業して何十年もたってさしたる出世しないと、東大を出たことが唯一の誇りになる。ほかに何もないから必ずなる。一高の寮生活をした者はいまだに結束が固いこと宝塚の同期生のようである。

ことわっておくが私はそれを非難しているのではない。これは人間の常で、とがめて直るものではないからいっそ宝塚に学んではどうか、似てはいても宝塚は幸い最高学府ではないから、イヤなところが少い。ながくも三年の短期間に女ひと通りの行儀と諸芸をたたきこまれていまだにスパルタ式だという。

戦前は宝塚の芸は広いが浅薄だとバカにされたが、他の学校のレベルが下落した今はそうでない。忠臣蔵はもとより和洋のドラマのたいがいを知る。能狂言のまねだってせよと命じられればする。「ベルサイユのばら」ばかりしているわけではない。

今これだけのことを頭と体で知っている若者はない。東大めあての勉強では頼光《らいこう》の四天王の名は知らない。

「ちいさ子べのすがる」は知らない。文部省は学校を長くすることばかり考えている、小学校から大学まで十六年、少女で入学して年増《としま》で出る。短くする発想がない。ここに二年または三年に圧縮した例がある。大学の悉《ことごと》くは見習うがいい。

（『諸君！』96・2）

伊東豊雄

伊東豊雄を紹介させてもらう。伊東豊雄、毛綱毅曠《きこう》、石山修武《おさむ》といっても世間では知らない。一流独自な建築家である。

映画のシナリオライターはもう滅びた商売だが、それでもその名をあげよと言われたら、私でさえ五人や十人あげることができる。新藤兼人、石堂淑朗、松山善三、古いところでは野田高梧、八住利雄——常に字幕の監督の名の次に名が出ていたからである。ポスターにも出ていた。

新聞やテレビで新しいビルは紹介されるが建築家の名は出ない。大成建設、竹中工務店、清水建設の名は出ても出ない。出るのは丹下健三、黒川紀章くらいである。菊竹清訓、磯崎新あたりになるともう怪しい。なぜ設計者の名を出さないか。よかれあしかれ建築設計をするものは責任者である。作者の署名がない小説があるか。

　これまで私はずいぶんこのことを論じてきた。なぜマスコミは建築家のクレディットをつけないか。テレビがその建築を紹介するなら、建築家の名を出せ。テレビドラマはヘアメイク（西洋髪結《かみゆい》）の名まで出しているではないか、出してくれないなら切角《せっかく》だが降りる、紹介してくれなくてもいいと言えばすむことである。べつに意趣遺恨があるわけではない。ただの習慣で、思えば習慣というものは恐ろしい力があるものである。

　安藤忠雄なら出てるじゃないかというものがあるかもしれないが、あれははじめ建築家として出たのではない。田中角栄式のサクセス・ストーリー（出世譚）の主人公として出たのである。安藤は田中と同じく学歴がない、しかももとボクサーだった、はじめ海外で認められた。わがマスコミは「ヒーロー」としてもてはやしただけである。

　この世の中は有名の世の中である。東京都庁の設計は三十なん年前も丹下健三で、平成になっても丹下健三だった。ほかに人材がないわけではないが、その名が有名でなかったからだ。世間は建築物を利用するが、うむ、よく出来てる、誰が設計したのかなんて思いはしない。よく出来ていて当り前だ、不便なら文句を言う。ホテルオークラは本館だの別館だのという、客にそんなこと分るものか、脚ふみしめてはいったところが一階だと思うのが当り前なのに、ここは五階だと言いはってきかない。改めよ、このラビリンス（迷宮）の随所に略図を出せと五年前私は書いたが改めない。竹中、大成、清水はビルを建てるばかりではない、海外の飛行場、港湾、ダムまで手がけている。

しかし在野《ざいや》の芸術家としての建築家は、ゼネコンお抱《かか》えの設計者を建築家だと認めてない。雇われているものは主人の利益を、建主のそれより優先する。建築家は自分の設計通りゼネコンが施工するか否か一々監督する義務がある。その監督の手を抜くと神戸のような大地震があるとつぶれる恐れがある。

建築家とゼネコンは友に似た敵であると、ゼネコンのおかげを蒙《こうむ》らない建築家は言うが、建築界のボスはゼネコンの協力がなければ何も出来ない、ゼネコンは先生々々とちやほやするから、あうんの呼吸で、お手やわらかになるのは人情である。

この上は建築界の新人が有名になることである。その上で発言することである。ところが平成八年正月四日朝日新聞文化欄は「電子メディアと表現」という全六段の大特集をした。

その①に伊東豊雄の縦横談が出た。②は筒井康隆、③は坂根厳夫である。話を聞いてまとめるのは朝日記者である。筒井康隆の話はまあ分ったがあとの二人は何を言っているのかちっとも分らない。

伊東は分らないことを言う人ではない。坂根にいたってはもと朝日新聞の科学記者で、珍しく理科系の分る文章が書ける人である。それが談話筆記になると分らないと読者は口々に言う。これなら坂根自身に書かせたほうがよかった。文化欄は論壇時評やら文芸時評やらが出ている読者のない欄ではあっても、こんなに理解を絶することは稀である。私は私の雑誌に伊東に別のテーマで書いてもらったら果して人の言わないことを言って、しかも誰にでも分るいい文章だった。以下大急ぎでその大意をいう。

——正直なところ私（伊東）はワープロをはじめメディア機器の扱いには弱い。だから最近の複雑な機能を備えた電話機なんか断じて持つまいと心に誓っていた。車のなかで電話なぞかけているのを見ると、あんな奴らのようには死んでもなるまい。我々より一世代若い建築家たちが使いこなしているのを見ると、お前らの設計が下手なのはそんなものを持つからだと言ってきた一人である。

ところが自分が持った途端に価値観は一変した。ポケットに忍ばせているだけで何か身体感覚が変ったような快感がする。少くとも従来の電話をかける行為とそれは全く別ものになった。

街を歩きながら片手で数字を押してやがて先方の声が聞えてくる。そのプロセスは自分の体内に備わっているスイッチをＯＮにすると、体内に電流が走って声に変っていくようだった。以前のように電話機と自分が向かいあっているという感覚とはまるで違っている。眼鏡やコンタクトレンズと同じくらい体の一部になってしまうのである。

去年クアラルンプールにレクチュアに招かれた時、現地の若い建築家たちがみなベンツを乗り回し、携帯電話を持っているのを見た。レクチュアのあと彼ら十数人と食事に行って、野外の巨大なテントの下の大テーブルをかこんだが、なかの対角線上の二人が携帯電話で突然二人だけの話を始めたのには驚いた。いま私は驚かない。近く私たちもパソコンやワープロ電子手帖が体の一部分になるにちがいないと思った。

次いでトロントでは日本の四畳半という最もせまい空間をテーマにした。四畳半ばかりか日本の住宅にはプライバシーがない、ないのは木造在来住宅のせいではないかと言われてきたが、新しいメディアの社会への浸透は、パブリックとプライベートな空間の関係を急速に崩壊しつつある。それは住宅や公共建築に影響しないはずがない、云々。

（『諸君！』96・3）

孝

昭和五十年ごろラジオで「孝」をテーマに話をしたことがある。青少年の番組で、いかにもNHKらしい優等生が集まっていた。学校で家庭で、孝について耳にしたことがあるかないか私は知りたかった。

孝は百行のもと、君には忠親には孝、父母の恩は山よりも高く海よりも深し、孝行のしたいじぶんに親はなし、家貧しくして孝子出《い》ず、以下略。

このうちいくつ知っているかを聞いたのである。風の便りで一つや二つは知っているだろうと思ったら、一つも知らなかった。おずおず手をあげる若者が一人いたが、答は見当がちがっていた。あとは手をあげなかった。

私は何が知りたかったかというと、戦前誰でも知っていた言葉を、いま誰ひとり知らないということは、日本中の家庭に孝という言葉が全く発しられなくなって二十年以上になるということ、このことである。

戦前はこれらの言葉を知らぬ者は絶無だった。けれども当時だって言葉は知っていても内容はすでになかった。それはいつからなくなったか、私はさかのぼって知りたいと思っている。谷崎潤一郎は明治の末自分は吉井勇と共に親不孝を看板に売りだしたようなものだとその「青春物語」に書いている。谷崎の友の恒川陽一郎が芸者萬龍と結婚するといってきかない、どうか思いとどまるように恒川を説きふせてくれと、その母親に泣きつかれて、親不孝を看板の自分にそんなことできない、困ったと谷崎は回顧していた。

ただしこれは東京の話、田舎ではまだ孝は生きていた。東京の流行はたちまち全国に及ぶのが常だが、村々町々には近所の目がある。あれ見よ親不孝の誰それが行くと、うしろ指さされるから孝はやむなく残っていたのである。

明治四十四年大逆事件で死刑になった幸徳秋水は、自分はこの事件には無罪だが、たった一人の母親に不孝のかぎりをつくした。その罪万死《ばんし》に値するから甘んじて刑を受けると、親友の枯川《こせん》、堺利彦に言い残している。

明治末年までは孝は社会主義と両立していた。大ざっぱに言うとそれは戦後滅んだのではない。大正デモクラシーによって滅んだと私は見ている。「きけ　わだつみのこえ」

の手記の主《ぬし》は、昭和二十年前後ハタチそこそこである。その手記の中に孝の字句はどのくらい出ているか。むろんひと時代前より減っている。明治時代よりはさらに減っている。

山鳥のほろほろと鳴く声きけば　父かとぞ思ふ母かとぞ思ふ　（行基）
親思ふこころにまさる親ごころ　今日の音づれ何ときくらむ　（松陰）

誰か明治以前の孝行息子の歌を集めてくれ。それは夥《おびただ》しくあるはずである。大正昭和の孝はたいてい半ばうそだが、明治以前のそれは半ばは本当である。どうしてこんなことがあるのか。孝は自然の情《じょう》ではないからである。あれは三千年来支那人が教育して育てたものである。

その教育ぶりはすさまじいばかりである。幼いときから反復して吹きこんだもので、それがわが国に及んだのである。中国では社会の単位は家族だった。西洋では古代はしばらくおき、単位は個人である。

わが国は維新以来脱亜入欧を旨《むね》とした。したがって社会の単位は家族から個人に移った。それが決定的になったのは戦後である。「君には忠、親には孝」のうち忠は難なく征伐できたが、孝の始末に困って孝は親子の間の自然の情だから強いるに及ばぬ、自然にまかせればいいと言ったが、実は親子の情は自然ではないのである。

このことは前にも触れたが人間以外の哺乳類を見れば分る。親は子が一人前になるまでは世話を焼くが、一人前になってしまえばあかの他人である。また一人前になった子は親を親とも思わない。だから支那人は幼いうちから毎日先祖代々のまつりをなん千年間も強《し》いたのである。

わが国は支那のまねっ子だからしばらくは孝養をつくしたが、西洋のまねっ子になって以来孝は忘れるのが自然だから忘れた。明治政府は幼少から天皇への「忠」を強いること熱烈だったが、必ずしもその甲斐がなかったこと「きけ　わだつみのこえ」に見る通りである。

核家族は進行途中なのではない、完了したのだと私は見ている。昭和二十年代の親たちはその子に「お前たちの世話にはならないからね」と言って育てた。子供にとってこんな嬉しいことはない。もとの哺乳類に返れたのである。一人前になるや否や子は親のもとを去ってまた帰らなくなった。財産は長男だけがひとり占めしないで全員が相続する。親の面倒は全員でみるということは、誰もみないということである。

親はお前たちの世話にはならないと言った手前、金を頼りにするよりほかなくなった。

老人は孤独で貧しい哀れむべき存在だと思うのは誤りである。老人は少しくまた多く金を持っている。「豊田商事」はそれを狙《ねら》ったのである。今後とも老人の金を狙うものはふえるだろう。最も狙うのはその子供たちである。子供たちが待つのは親の死である。死んだらようやく一族再会してその財産のとりっこをする。親子兄弟は敵《かたき》になったのである。まだならないなら近くなる。ひとしきり奪いあいがすんだら、兄弟は再び離散して誰かが死ぬまで会わないのである。

親子の間は自然の情でないから、支那人は三千何百年間も教え続けたのである。その亜流である韓国人の間に、私は孝の有無を問いたい。キムチがパックで売出されたということは韓国の核家族化を示すものだとは前にも言った。まだ孝はあるのか、近くなるのか知りたい。

私は孝は百行のもとの時代に返れ、返りたいと言っているのではない。いうまでもなく孝は自然ではない。うそである。けれども浮世はうそで固めたところである。少くともうそを必要とするところである。昔からものには「ほど」があるというが、そのほどは見つかるまいと、いま私はながめているところである。

（『諸君！』96・4）

「日教組」育ち

さがしものをしていたら平成四年の古新聞の切抜が出てきた。見ると岡田嘉子の亡命の逸事が写真入りで出ている。岡田嘉子は明治三十五年生れ、平成四年モスクワで死んだ往年の人気女優である。八十九歳。

新劇、映画、新派と転々として昭和十三年一月演出家杉本良吉と樺太からソ連に亡命した。嘉子三十六。杉本三十二。当時杉本は正式な共産党員だった。すでに日支事変は始まっている。いつ逮捕されるか分らない。嘉子とはいま熱烈な恋仲である。二人は亡命したら歓迎されると思ったら、スパイ容疑で捕えられ、二人別々の部屋で日本の警察も及ばぬ拷問をうけた。

夜となく昼となく白状せよとまる五日間責められた。私はこの眠らせぬという拷問に注目して切抜いたのだと気がついた。これは戦後国労や日教組が用いた戦術である。学生もまた教授を取巻いてまねをした。誰が発明したのか。古く嘉子に用いられている。

　人はまる三日眠らせないと半狂乱になる。なお眠らせないとあらぬことを口走る。眠りたいばっかりに嘉子はスパイだったと認めた。隣室の杉本の悲鳴も嘉子は聞いた。形ばかりの裁判の結果嘉子はあくる十四年十月二十七日十年の刑を言いわたされた。杉本はその一週間前すでに銃殺されている。嘉子は自分の白状のせいではないかと苦しんだ。私は岡田嘉子の映画も芝居も見てない。ただ美しく老いる女は稀である。嘉子の晩年の写真は美しかった。

　私が注目したのは戦後の拷問にこれが多く用いられていたからである。火ぜめ水ぜめえびぜめは知らないが、そろばん責めなら今もテレビの捕物帖で見ることができる。正座させてその膝の上にまな板状の長い石を置く、一枚ずつふやすと皮肉は破れ血だらけになる、なお重ねる。明治以来拷問は禁じられたが、なくなりはしなかった。小林多喜二が責め殺されたことはよく知られている。

　拷問は戦後警察で減って新左翼でふえたようだ。小中学校の主任は管理職で管理職なら敵で、敵ならつるしあげてその管理職手当を吐きださせて、主任になった甲斐がないようにする。ついでに便所掃除までさせる。

　挨拶しない運動というのもその戦術の一つである。主任以上校長まで、先方がお早ようと言っても聞えぬふりをする。決して挨拶を返してはならぬと、日教組の「虎の巻」に書いてあるのである。

正義は労働者にあって経営者にないから、眠らせなくても良心は痛まない。国鉄には俗に「黒表紙」というマニュアル（手引）があってそれにこまごま戦術が書いてあるという。

その一条「権利、労働法」のくだりに、年休をとるには上役の許諾を必要としない（略）自分はいつから休むと宣言すればいい（大意）とあるそうである。「ポカ休」が生じた所以《ゆえん》である。

国鉄には国労と動労に並ぶ鉄労があった。鉄労は国鉄当局に協力する組合で、いわば第二組合である。第二組合なら悪玉だから新聞はついにその存在を書かなかった。国鉄がストにはいっても常に一部動いていると書いた。あれは鉄労が動かしていたのである。国鉄労の組合員には連日連夜電話してまず家族を奔命に疲れさせた。また一人を大ぜいでつるしあげてついに自殺者を三十余人だしたが、新聞労連は国労と同じ総評傘下だからその自殺を報じなかった。電話は痕跡が残らない。そのせいの自殺かどうか証拠がないから報じないと逃げ口上の用意まである。正義が頭上にあると人はどんな悪事でもする。正義と聞いたら疑えと常に私が言うのはこんなわけからである。

みんな遠い昔のことだと子供のない人は思うだろうが、いまだに学校では日の丸と君が代でもめている。日教組育ちはすでに人の子の親になっている。新聞社のデスクはもとより文部省や諸官庁の中堅や幹部になっている。

「今日は日教組の大会があるから休む」と言って休んだ先生の教え子が、長じていま先生になっているのである。

朝日新聞の成功の一因は日教組を手なずけたことにある。国労や動労の味方をしたことにある。先生は朝日を読めと言った。試験は朝日から出るぞと言った。天声人語は文章の模範である、写せと言った。

みんな部数をふやすためである。経営陣は少数である、組合員はその何十倍何百倍いる。大ぜいに気にいることを書けば部数はふえる。これを迎合という。日教組の味方をすれば子供まで従えてきてくれる。商業主義からの反体制だが、子供のときに教えこまれたことは終生とれない。

いまだにPTAは女の天下である。四十代の主婦は「君が代」と「日の丸」には反対で仰げば尊しも歌わせたくないという。反対でない女は発言しないから存在しない。

「読めない書けない話せない」と私は三十年前に書いたが、それをコピーさせてくれとさる地方の大都市から電話があった。何にお使いですかと聞いたら、高校の教師の大会がある、集まった教師に読ませるのだという。

三十年前私は生徒のことを言ったのだ。今は当時の子がそのまま先生になっている。昨今の新卒は日教組には入会しないと言うが、それは会費をとられるからにすぎない。月給があがるのは組合の力ではない、勝手にあがるのだと知ったからである。入会はしないが、日清日露の戦争まで侵略戦争だと思っている。

そんなことはあるまいと思っても、言い負かす理論がないから黙っている。戦後教育はすでに五十年である。漠然とノンポリにまで及んでいる。あれは手短にいうと古いことは悪いこと、新しいことはいいことというに尽きる。明治以降は時間切れで何一つ教わってない。新聞が書かなければ鉄労は存在しないのである。歴史はしばしばこうである。わが国は日教組育ちに占められているのである。寒川猫持《ねこもち》という目医者で異色の歌人うたっていわく「学校で『君が代習ったことないの』それって自慢することなのか」。

(『諸君!』96・5)

天気予報

予報のなかの予報は天気予報だろう。ほかにどんな予報があるかというと地震予報があるが、これはまだ許されていない。

なぜか天気予報だけは信じられている。昭和初年は新聞の天気予報が最も信じられた時代で、予報が雨といったら降らなくても、その日の遠足は中止になったから子供たちは不平だった。

いまだに新聞には天気図も予報も出ているが、もう見る人はいない。予報はテレビに移った。テレビの予報は詳細を極める。朝の五時、六時、七時、八時台まで再三同じ予報を繰返すのは、それぞれの時刻に出勤する人が違うからだろう。

東京の人口は千二百万人だという。近県のベッドタウンから出勤する人は夥しいから昼間の人口はどのくらいか分らない。十なん年前忽然《こつねん》と成った新宿駅西口のビル街の昼の人口は何万何十万だか知らないが、夜は人っ子ひとりいない。

電車や地下鉄を乗りついでここまでたどりつくのは死ぬ苦しみである。ビル群を建てた為政者や建築者にここに人を住まわせる発想は昔からない。天気予報はこの人たち、ここへ通勤する人たちのためにあるのである。したがって関東一円の天気を報ずればいいのに、日本中の天気を報ずる。

北海道から次第に南下して東京にいたるまでにえんえん何分かかるか知らないが、東京圏に至って一段声をはりあげるわけにはいかない。それは禁じられている。同じ声で同じ調子で語りきたり語り去るから、うっかり聞きのがす。

六時のを聞きのがしたから七時のをのがすまいとすると、再び三たび北海道から沖縄まで、はなはだしきはロンドン、パリ、カイロ、ナイロビまで世界中の天気を報じるので再び三たび聞きのがす。それを予想して何度も繰返すのだろう。

天気予報はまじめくさって弁じるからいけないのだ。俗に「お天気」という、予報は当らないにきまっていると言うと、ほらこんなに当っていると証拠の帳面をひろげようとする。

いかにも当っている。晴れ、ところによって雨、秩父の山沿いには雷雨と天気のありったけを並べればそりゃどれかが当るだろう。

けれども人は当ったときは何も言わない、忘れる。当らなかったときだけ文句を言う。当り前である。降らないと言ったから傘を持たないで家を出たのである。それなのにこのどしゃぶりである、某月某日はそんな日だったと言うとまたしても証拠を見せたがる。

近ごろ予報は当るようになった。それはスーパーコンピュータのおかげである。だが日本中の天気なんか要らない。要るのは東京一円である。あるいは大阪一円である。傘を持って出ろ、あるいは傘を忘れるななんてよけいなことを言わないでくれ。

気象庁は人情の機微を知らない、観察が足りない。にわか雨が降ったら見てごらん、十人のうち九人まで傘をさしている。三十年前とはちがうのだ、貧乏はなくなったのだ、置き傘といって傘は事務所に置いてあるのだ。飲み屋には客が忘れた傘がいっぱいある。「お持ちなさい」と貸してくれたのを、あとで返しにいくとけげんな顔をされる。返されることを予想してないのである。

要するにまじめだからいけないのだ。予報するのは気象協会の一員だろう。見るからに真顔で愛嬌がない。愛嬌あふれる美人が「昨日はどうもすみませんでした」と言えばすむことである。

俗に「お天気」という。変りやすいのがお天気の常である。にっこり笑ってあやまれば怒る人がいるわけがない。

的中率九〇パーセントなんて抗議して、予報屋と視聴者が口とがらして何パーセントを争うからいけないのだ。

私は予報は当らないほうがいいと思っている。何より当らなかったと悪口をいうことができる。たまたま当らなかったのをのべつ当らないように言うのは人生の快事である。それをウソだ、誇張だと争ってはいけない。誇張しなければ話にならない。まじめ人間はやっきになる、やっきになって証拠だてようとするのが最もいけない。全国の天気なんかいらない。大東京が分ればいいのである。ほかの地域の天気はその地の局にまかせればいいのである。

くやしかったら「あしたは雲ひとつない日本晴です」と言うがいい。言わなくてもそういう日はあるのである。せっかく上天気なのにこの天気はながくは続かないだろうと不吉《ふきつ》なことを言う。

そりゃ続かないにきまっている。日本晴がそんなに続かないこと、どしゃぶりが続かないがごとしである。

試みに大正十二年九月十二日の都新聞の天気予報を見よ。「本日も晴、今晩は曇りだが次第によくなる見込、明日も晴、台風上海の南にありといえども当地を襲う恐れなし」

「都新聞」（いま東京新聞）は東京のローカル紙だった。何というういさぎよさだろう、天気予報の模範である。

昭和二十六、七年のころ天気予報を売る会社があると聞いて、好奇心から私は買ったことがある。後楽園の野球の主催者は、球場一帯が降らなければいいのである。伊豆へロケーションする映画会社は、その地の天気を知りたいのである。一行《いっこう》なん十人が雨に降りこめられたら当時の金でなん十万円のソンである。私は好奇心で買ったが、天気予報はローカルに限る例である。

神戸の大地震以来、地震の予報の是非がいわれている。予報はできるそうである。できるだろう。その前ぶれの小地震がひっきりなしにあったという。けれどもその予報をしたら我がちに逃げようとしてパニックがおこる。そして予報が当らなかったらまた別のパニックがおこる、かれもこれも一大事だからいま大地震の予報は許されないのである。

（『諸君！』96・6）

おしゃべり

昭和三十九年から二、三年の間NHKの社員が何人もしげしげ遊びに来た。NHKがまだ田村町にあったころで、わが社は今も昔も虎ノ門にあるから目と鼻のあいだである。アポイントメントという言葉はあったが、当時はだしぬけに遊びにくることがまだ許されていた。それにしても三日にあげず誰かが来た。一人が年かさであとの二、三人はそのすこし下役のようだった。まだ全くテレビの時代になっていなかったころで、私は彼らの持つ番組のたいがいにひっぱり出された。

いまおぼえているのは「人生読本」と「言葉のちえ」と題する番組である。「人生読本」は今も続いている人気番組で一回十五分、連続三回で名僧知識だの一流大学の名誉教授だのが出た。多く六十七十の老人だからこの番組に出たら近く死ぬといわれていた。私はまだ五十になっていなかったから、出る幕ではないのに、担当者が替って忘れたのだろう、同じ番組に二度も招かれたから私はおかしく思った。「分別《ふんべつ》」という題で話した。

第一日は人は分別のある存在ではないと話した。あらゆる証拠をあげて分別がある存在ではないと話した。二日目も同じく分別がないと話した。三日目は話なかばでこれはNHKの「人生読本」である、ここらで人に分別あらしめたいのは山々だが、やっぱり分別ある存在ではないと結んだから、満場の拍手は鳴りもやまなかったと言いたいところだが相手はラジオである。

手応えはすぐ聞かれない。どうしてこんなものが何十年も人気番組かというと、人は説教を聞くのが好きなのである。きらいだきらいだと言うが、実は好きなのである。大小の会社で毎朝二、三分説教する社長がある。社員たちは酒の肴にその悪口を言うが、実は好きなのに気がつかないのである。「天声人語」のたぐいは自分が決して履行しない立派なことを書くことさながら修身である。あの欄がなくならないこと「人生読本」のごとしである。

反響はそのあくる日からきた。ハガキと封書がきた。それによってこの番組が老人番組であることがわかったが、たまにこんな話をきいて同感にたえなかったのだろう。「言葉のちえ」という放送はまる一年、毎月第一日曜朝十時からで、言葉についての話なら何でもいいというから承知した。第一日は「売買された言葉」という題は少し露骨だから、「印刷された言葉」という題にしたかと思う。私たちは印刷された言葉しか見る機会がない。印刷された言葉は売買された言葉である。新聞雑誌に書けば原稿料が支払われる。今こうしてラジオでおしゃべりをしても幾らかくれる。

言葉は売買されるとどうなるか。読み手の気にいるだろうことを言うようになる。皆さん新聞で年中「正直者はバカを見る」という言葉をごらんでしょう。あれは皆さんは正直者だ、だからいつもバカを見るのだと暗々裡《あんあんり》に言っているのです。私はバカを見た人が正直者だとは決して思いません。それどころかうまくやろうとしてしくじった人が多いのです。十人のうち九人は成功しなかった人ですから、これが耳に快いのです。読者は労せずして永遠の正直者になれるのです。これも私は迎合と呼びます。

新聞は五百万部千万部売りたがっています。それには迎合をこととしなければなりません。私たちは売買されない言葉を読む機会を持ちません。戦争中でなくても言論は自由ではありません。自費出版できるじゃないか、街頭で演説できるじゃないかと仰有る人がありますが、それは怪文書です、または至る所で大道演説する若い衆です、それを最も信じないのはあなたがた読者です。同じ話でも朝日新聞に、NHKに出てはじめて信じるのです。

毎回十分だから委曲をつくして語って、私はころんでもただは起きないからそれを原稿にして発表した。その上「ぎょっとするのは三分間だけ」とこれは別の雑誌に書いた。

この一連の放送に、NHKの上役が文句を言わないのが不思議だった。「言葉のちえ」だからもうすこし言葉のお話を、と担当者が言いにくそうに言ったのでハハアと分った。担当者は文句を防いでくれているのだなと分ったから、折から十二月のことではあるし、承知した、言葉の話をしましょう、暮といえば金、金についての言葉なら山ほどある。金がかたき、世の中に金と女はかたき也どうぞかたきにめぐりあいたし。金にうらみ（は数々ござる）金がもの言う（世の中だ）金の切れ目（が縁の切れ目）。

まだまだあるがみんなは話せません。このなかの金の切れ目という言葉一つについて今回はお話ししましょう。ついこの間バーで聞くともなしに耳にしました。客と女給がひそひそ話しているのです。どうやら女からもちだした別れ話です。男は去ろうとして言いました。「結局、金の切れ目が縁の切れ目か」。

昔は遊びは自分の金でしました。今は法人（会社）の金でします。昭和四十年はすでに法人の時代です。会社が不景気になれば遊べません。金の出どころが全く反対なのに全く同じ言葉が使われるのを私は面白く聞きました、云々。

窮して言葉を羅列したがやっぱり気にいるまいと思ったが、私にこれ以上の（または以下の）話をさせるのは無理である。そのせいかNHKの足はぱったり遠のいた。そうして三十余年たった。

こんなことを思いだしたのは去る四月八日から「ラジオ日本」で毎朝八時五十分「夏彦のラジオコラム」をはじめたからである。スポンサーは東京電力で、会長平岩外四は私の愛読者でその尻おしでこの番組は実現したのである。

テレビは百害あって一利ないといってもいいか、朝日新聞を名ざしで槍玉にあげてもいいか、原水爆禁止なんて出来ないと言ってもいいかと念を押したらいいそうである。近ごろありがたいことである。私は邦家《ほうか》のための最後のご奉公のつもりで毎朝四、五分弁じているが、まだ聞き手をつかんでない。至誠は天に通じるというから近く通じる、通じなければ降りるばかりだと思っている。

テレビで二十分位話をする気はないかときかれた。聞き手は名高いキャスターである。話の主旨は敗戦で日本は全てを失った、残ったのは「言葉」だけである、それなのに、言葉を粗末にすること今日《こんにち》より甚しきはない、したがってテレビラジオの笑いは低級になるばかりで末が案じられる、その元凶はテレビである。槍玉にあげてくれてもいい云々と依頼状にあったから、このひと私の読者のようである。私に持論をしゃべらせるつもりらしいから、承知した。

私はすべてを笑いにしたいと申し出た。浮世のことは笑うよりほかない。新聞もテレビも自分のことは棚にあげ、居丈高に叱咤《しった》する。朝日新聞が北ベトナム軍は解放軍だ、共産軍じゃないと書けばテレビも同じくないと言う。世間はすぐ忘れる。第一読んでない。ゲストとして私が出るならみんな笑いにしたい、しましょうと応酬した。

「大新聞に最も欠けているのは笑いです。朝ごとに出ている政治漫画を見て笑ったことがありますか。私は一度もない。あれは昨日の記事をただなぞっているだけです。あなたお笑いですか」「笑いませんな」「誰も見てないものをどうしてなん十年も載せ続けているのでしょう」「フシギですね」「紙面が活字でまっ黒だからです。白いところがほしいのです。ただそれだけです」「ははあ『空地《あきち》』ですか」「荷風散人いわく、議会開けて公園の砂利《じゃり》場《ば》に巡査と野次馬の組打《くみうち》面白き時節は近づけり。またいわく、吏《り》は役に立たぬものなり欲の深いものなり賄賂を取りたがるものなり。責むるは野暮なり。いくら取替えても同じことなり」「ハハハ」。

「日本人は木戸銭を払って寄席に笑いを買いにいった国民です。当時の客は噺《はなし》ならみんな知っています、誰が何をどう語るかニコリともしないで聞きにくる客がある、それを笑わせるのは骨《ほね》です」「面白くもないのに笑う客がいますね」「田舎者とバカにしますが、あれいないと困るときがある。満場寂《せき》として声がなかったらこんなやりにくいことはない。笑ってくれてほっとすることがあります」。

「音羽屋っ、成田屋ってタイミングよく声をかけるのは今じゃプロだけだそうですね」「明治のむかし寄席は市中に百くらいあった」「えッ」「娘義太夫、講談、落語、浪花節の席までいれるとそうなる。同じ話を代々の芸人が削りに削って、それでいて笑いは残す、あれは洗煉の極です、世界に冠《かん》たる日本人の笑いをバカにしたのは英文学者です。ユーモアとウイットと称して神棚にあげておがんで我らの笑いをおとしめた。ふだんの会話にシェイクスピアが出てくるなんてイギリスをありがたがっているが、わが国だって口をついて芝居のせりふが出た」「落語の芝居噺は滅びましたね」「大正十二年の大地《おお》震で芝居と寄席が全滅して映画館になって以来です。すべてのもとは芝居です。芝居には十八番があります。同じものを演じますから客はせりふをみな諳《そら》んじてます。映画テレビは新作に次ぐに新作をもってします。おぼえるひまがありません。洗煉されるひまがありません。テレビは百害あって一利ありません」「救う道はありませんか」「ありますとも。金をとればいいのです。番組ごとに百円のコイン。人は皆ケチです。百円とられるなら番組を厳選します。見る時間は激減します。テレビの百害は半分になります。

テレビは何よりチャンネルを切換えられるのを恐れて、奇声をあげたり裸の女を出したりします。番組ごとに百円とれば銭形平次何千何百万円、怪しげな視聴率とちがって現金がはいります。

客は芝居小屋へ出向いて木戸銭を払って自分を何時間か幽閉してはじめて客です。タダほど悪いものはありません。タダは芸人と共に客を堕落させてとどまるところを知りません。新しい言葉と古い言葉があったら私は古いほうをとります。床しいからです。言葉は衣裳と共に五十年や百年では身につきません」。

「何年かかりますか」「三百年五百年はかかりましょう。トイレは一世を風靡《ふうび》しました。手水場《ちょうずば》、せっちん、手洗い、はばかり以下を滅ぼしました。近く便所も滅ぶでしょう。

大地震のときはおお地震、大震災のときはだい震災、大男のときはおお男、大の男のときはだいの男、大正十二年はたいしょう、大小のときはだいしょう」「西洋人いわく、むつかしすぎる」「日本人はにせの西洋人になりました。子供の時から耳でおぼえて字はあとからおぼえました。字のない昔は耳で聞いて分る言葉だけが言葉でした」「今はさきに目からおぼえます」「教育の普及のせいです。ソクラテスも孔子さまも問答しただけです」「そうでしたね」「半導体、偏差値ってお分りですか」「恥ずかしながら分りません」「電気には絶縁体と良導体があって、べつにシリコンのたぐいの半導体がある、トランジスタがそれの応用に成功しました。トランジスタの発見は劇的な一大事です。あれで我々はミクロの世界、ブラックボックスにはいったのです。ジャーナリストは専門家の言葉を素人に分るように言う翻訳者だったのにすでにその役を降りました」「いつからですか」「明治の始めは必死にそれを試みた、銀行はぜに（銭）屋、保険は命請《うけ》合《あい》、災難受合、弁護士は咎人《とがにん》利益代言人」「名訳ですな、聞いて分ります」「ところが採用されなかった、えらそうじゃないからです」。

「官庁はながが年えらそうに漢字を並べ片カナを使うまいとしました、二十年ほど前から使わずにはいられなくなって原語そのまま使うことを許すどころか、さきだちになって使いだしました。エントロピーを一言《ごん》もって言えといわれても言えませんな。その当時からでしょう」。

私はテレビの百害を説いて納得させることはできても、茶の間からテレビを取りあげることはできないと言った。出来たものは出来ない昔に返せないのが鉄則である。故に原爆許すまじ、ダイ・インと言って死んだふりするのは笑止である、原爆は死人だと思って去る態ではないぞと話はさかのぼったが、事は志《こころざし》とちがって笑いに終始しないですこしく真顔になって終った。

（『諸君！』96・7、8）

黙読VS.音読

テレビの堕落が非難されてずいぶんになる。私はひそかにラジオに望みをかけていた。テレビは写真を見るもので話をきくものではない。ラジオは見るものがないから聞くよりほかない。

私は「キャンペーンならみんな眉つば」だと言っている。私たちは各人個性があると教えられて育った。キャンペーンは異《い》口《く》同音皆が同じことを言うことである。個性ある人がすることではない。

「何用あって月の世界へ」「――夜はねむるものである」「平和なときの平和論」。

古往今来金言は多く一行である。公衆電話の一通話は三分である。およそこの世に三分で話せないことはないと私は「週刊新潮」に写真コラムを書いて十七年余り、八九〇回になる。

誰か私をして毎日三分間ラジオで語らせないかと呼びかけたら、すぐ名乗りをあげてくれたのがラジオ日本の編成局長と東京電力の平岩外四元会長である。共に「諸君！」の読者だと聞いた。放送は四月八日月曜から金曜まで、始まってすでに五カ月になる。話柄《わへい》は写真コラムから選べばいいのだからほとんど無尽蔵である。話すのは私ではない。本職のナレーターであり声優である矢島正明《まさあき》である。

朗読は淡々として感情をまじえないこと、会話があっても声色《こわいろ》を使わないことを条件に、他にいっさい注文をつけなかった。すなわちコラムそのものをそっくり伝えたかったのである。むろん黙読するのと朗読するのは大違いなことは承知している。すでに読んだものを耳で聞くとまるで違って聞える。

コラムは十枚のものを三枚に、五枚のものを二枚に削りに削って、もう一寸《ちょっと》で分らなくなる寸前で手放すのが理想である。読者はその寸前で分ったのは自分の手がらだと満足する。

だからただ朗読するのは危険である。削った所を補わなければ分らないことがある。ただし多く補うと今度は全体をそこなう。音読する速力はほぼ不変である。

黙読を理解する速力と音読を理解する速力はちがう。黙読は瞬間ではあるが停滞することが許されるが、朗読では許されない。停滞中も話は進んで理解はおき去りにされる。

私が最も恐れたのはここで、これでは真意は伝わるまい。はじめ私は笑いでいこうと心にきめた。浮世のことは笑うよりほかない。皆さんいま帰ったぞと仰有るからいやな顔をされる、いま来たよと言えばいそいそと出迎えてくれやしないか。

ちがいが分る男、松山善三四十九歳、挽きたての味と香り、ネスカフェゴールドブレンドと結んだから、これこそ本物にちがいないと思う。実はネスカフェは、インスタントコーヒーなのだそうだ。私は二十年それを知らなかったと言ったから一座は爆笑した。

いくら家《うち》でコーヒーを飲まないからといって、あれを本物だと思っていたとは！　と腹をかかえるので、はじめけげんな顔をしていた私も、ここまでだますとはCM中のCMだ、あっぱれだとついにはかぶとをぬいで私も遅ればせながら爆笑したのである。

つとめて私は笑いをさそったが、敵は本能寺にある。聞き手が慣れたころを見はからって耳に逆らうことを言いだす。私はテレビは百害あって一利ないと言っていいかときいて、全く掣肘《せいちゅう》しないという返事を得ている。

ついこの間「隣組の正義、婦人の正義」と題して話した。昭和十四年、まだ娘たちがパーマをかけ着飾っていたころである。もう若くも美しくもない国防婦人会の連中が、着飾った娘たちを呼びとめて長い袂《たもと》はつめましょう、パーマネントはやめましょうと注意していた。

「まあ失礼な」と娘たちは言えない。白昼若い娘たちをはずかしめて、しかも正義は自分にあるのだからこんな嬉しいことはない。その根底には嫉妬があると私は思うが、婦人会の面々は思わない。戦争中は電車が靖国神社前にさしかかると英霊に黙禱！　というたぐいの正義があったが、敗戦と同時に影も形もなくなってしまった。どこへ去ったかとさがしたら、それは「主婦連」や「地婦連」の正義に化けていた。

その主婦連はいつぞや魚を食べると命が危いと当局につめよった。牛込柳町の空気は汚染がはなはだしく今に死人が出るぞと騒いだ。マスコミはその尻押しをして一大キャンペーンをはった。魚食うべしいくらでもと私が言ったら、婦人たちはとびかかろうとしたが、やがてそっぽを向いて、今はぱくぱく食べている。

敗戦以前の正義は敗戦以後の正義でないなら、敗戦以後の正義もそのうち正義でなくなるだろうということを知っての上の正義なら、正義は重みと厚みを増すだろうと言っても婦人たちは聞かない。

だから婦人の正義は正義でないと言わんと欲して私は口ごもるのである。婦人が正義を好むが如くまじめ人間も好む。婦人とまじめ人間は同じもので、してみれば婦人の正義はまじめ人間の正義であり、彼らを読者の過半とする大新聞の正義であり、彼らを選挙民とする市会の、県会の、ひいては国会の正義であると言わんと欲して私の舌はほとんどもつれるのである。

以上三分である。私は欄外に「すこしゆっくり入念に」と書いてナレーターに察してもらった。もしこれが理解されなければ私のコラムは全滅すると緊張して聞いたが、バンザイ、わかったのである。矢島正明は気がつかないほどゆっくり、分らないほど入念に一語一語粒《つぶ》をたてて語ったから、聞き手にたしかに伝わったのである。伝わらないのはもともと永遠に無縁な人で、そして私は無縁な人に包囲されているのだから、うまく言えば言うほど窮地におちいるのである。戦前ならうしろへ手が回るのである。今のテレビラジオがかくの如き発言を許したのはほとんど奇蹟で、平岩外四のおかげである。私は私でこれを戯れに最後のご奉公だと称している。

（『諸君！』96・10）

かわいそうな戸板康二

矢野誠一著「戸板康二の歳月」（文藝春秋）を面白く読んだ。戸板康二はめったに知友を悪く言わない人だが、蘆原英了と福田恆存だけは大きらいだと言って憚《はばか》らなかったとこの本で初めて知った。

戸板が師と仰いだのは折口信夫《しのぶ》と久保田万太郎である。折口は戦後早く死んだからここでは多く触れない。

久保田万太郎はＮＨＫの要職について以来顰蹙《ひんしゅく》すべきボスになった。獅子文六（岩田豊雄）とたまたま電車で乗りあわせたとき、もうちょっと待って下さい、芸術院（会員）に推しますからと言ったそうで、頼みもしないのにと文六はあきれたと仄聞《そくぶん》した。

戸板は久保田の死後書いた評伝「久保田万太郎」（文藝春秋）で、自分が師事する久保田の欠点はほかの人がさんざ書いている、自分は触れない方針を貫くと言っている。だからこれは正しくは伝記ではないとことわっている、その態度やよしと矢野は言いたげである。

戸板が蘆原英了と仲たがいしたのは、新橋のさる酒場のマダムが「戸板先生にはお世話になっております」と初対面の蘆原に挨拶したのを、戸板が女として世話していると誤解したのはまだしも、それを吹聴《ふいちょう》したからだ。

それにくらべると福田恆存のほうは深刻みたいである。築地小劇場以来新劇団の離合集散はあげて数うるべからず、文学座、俳優座、劇団民芸の三つにやっと落ちついたと思ったら、文学座の杉村春子とその一党をおきざりにして、芥川比呂志、岸田今日子、神山繁以下一座の花形を福田が引きつれて劇団「雲」の旗あげをした。それも十年あまりで今度は福田と芥川が対立してまた分裂した。どっちもどっちで、新劇はそのつど声明を出す。私（山本）は劇団の分裂はどうせ誰が座頭《ざがしら》になるかの争いだからいくら綺麗ごとを並べても読む気がしない。

――知識人ともつかず、思想家ともつかず、芸術家ともつかず、常識に欠け人情がなく、エゴイスティックで民族性がない発育不全の新劇人！　とむかし眞山美保は言ってのけた。

福田は芥川に去られたうらみつらみを劇評の名をかりて「テアトロ」にながながと書

いた。それを読んで戸板は「私はあの人（福田）はきらいです。品性が下劣です」とまで言ったと矢野は驚いている。

そんなに怒ることも驚くこともない。人はたいていそんなものだ。それより私は久保田万太郎はもと歌舞伎畑の人だと思っていた。新派は明治の歌舞伎である。その弟子である戸板も歌舞伎好きが嵩じて劇評家になったのだと思っていた。むかし永井荷風は役者はよろしく不品行なるべし、家柄系図を重んずべし、階級は厳にすべしといった。菊五郎の子はいくら若くても菊五郎になれる。分裂騒ぎはおこらない。

だしぬけのようだが私は映画と（むろんテレビとも）和解してない。今ごろ何をと怪しむ人があってもドラマの原形は舞台にある、今も昔も芝居にある。客はわざわざ芝居小屋まで出むいて、木戸銭を払って、何時間か進んで幽閉されて、先刻承知の狂言を見てはじめて客なのである。

映画は原則として新作である、新作に次ぐに新作でレパートリーというものがない。その上全国一せい封切である。芝居もはじめは新作づくしだったが、つまらぬものは捨てられ見るに足りるものだけ残った。客はその同じ狂言を見に行く。同じ狂言を違う役者が演ずるのを見に行く。講談落語と同じである。何十回何百回繰返して演じるから削るべきところは削られ、これ以上工夫しようがないほどのものになる。厄払い、わりぜりふ、つらね――客はせりふなら全部暗誦できる。

戸板康二は誰でも知っているせりふを百も二百もならべた本を何冊か出した。ここが大事なところである。実は歌舞伎の名ぜりふはもう通用しなくなっているのである。戸板はそれを知っているのである。「お若《わけ》えの、お待ちなせえやし」といえば幡随院長兵衛にきまっている。いつぞや、私は「昔は道中に雲助が出た」と書いたら、このウンスケって何かと問われた、道中の雲助を知らないくらいなら「色にふけったばっかりに」（勘平）「首が飛んでも動いてみせるわ」（伊右衛門）も知らなかろうと、戸板は手短に狂言の粗筋まで書いている。大正十二年里見弴が「時事新報」に連載した長編「多情仏心」は全編悉く芝居のせりふのかけあいである。当時はこれが新聞の読者に通じたのである。

いま歌舞伎座は満員でも、あれはポーラや花王石鹼のご連中で満員なので、歌舞伎座を見に来たので、芝居は全く分らないのである。背後に無数の見物がいないから戸板は一々説明する。戸板は万太郎とちがって江戸訛りは使ってない。これも故意である。戸板は五十年前川尻清潭《せいたん》、川村花菱《かりよう》、渥美《あつみ》清太郎の時代に生れていればよかった。そしたら魚が水を得たようにおしゃべりができただろう。いま出版社に何百人の社員がいようと、芝居の話ができるのは一人である。

だしぬけだが藤原正彦は一流独自の数学者である。イギリスで数学の教授たちと共に働いたとき、教授たちがシェイクスピアのせりふで互いにやりとりしているのを聞いて、日本の女子大で英文学を専攻しましたなどとゆめ言ってはならないと思ったという。彼らがせりふでやりとりしたように我らもついこの間までやりとりしていたのである。いまそれはあとかたもない。極端にいえばわずかに戸板康二とその知己の間にあるだけになったのである。大正十二年の震災を境にして歌舞伎は滅びたのである。それに代る芝居はもうあらわれないのである。

かわいそうな戸板康二。

(『諸君!』96・11)

エイズまとめて五分間

毎週日曜あさ八時半、NHKに「週刊こどもニュース」という番組がある。一度見てごらんとすすめられて見たら、「住専」のことがいっぺんで分った。「母《ぼ》体行《たいこう》」って何かということまで分った。

ついこの間まで新聞に「住専」が出ない日はなかったのに、ある日ぱったり出なくなった。今はエイズでもちきりである。去る九月十九日「ミドリ十字」の元、前、現社長三人が同日同時刻に逮捕されたから一大事だ、驚け驚けと新聞に言われても赤十字なら知っているがミドリ十字なんて知らない。これが田中角栄なら馴《な》染《じみ》だが三人の社長は初対面である。それを知っているものとして書くのは新聞のいつもの悪い癖である。あくる日から読まない。

「世の中まとめて一週間」でエイズを話題にするのは性病の一種だからやりにくい。いっそテレビの大人用ニュースを廃して「週刊大人ニュース」だけにしてはどうか。

住専も再販もそもそも新聞を読まない私では話にならぬと仰有るなら間違いである。あんなもの「風のたより」で分る。ただそれだけで書くのはあんまりだから懇意な週刊誌に手短にまとめた記事があったらコピーしてくれと頼んだらそれがないという。スキャンダルはあるが全貌を世の中まとめて一週間みたいに書いたものはないそうで、驚愕して今回はその任でないのを承知しながら書くことにした。よく知っている諸兄の叱正を待つ。

――エイズの名なら十年以上前から知っていた。はじめアメリカ人の同性愛同士の性病だというから日本人は平気だった。同性愛はアメリカでは盛んだが、わが国では盛んではない。

これよりさきわが国ではキーセン旅行が全盛だった。やがて韓国が貧乏でなくなって終った。今度はタイ、フィリッピンまで行くものがふえたから、エイズは商売女からうつると分った。それなのに日本では何年たっても患者は千人そこそこだというからこれまた平気でいられた。そのうち某国の商売女の三割はエイズだといわれだした。日本の患者は少なすぎると思っていたら、これはわが国のコンドームが世界一で肉感を全く損じないせいだと教えられた。

血液製剤そのものはとまらない出血を止める止血剤で、「血友病」という血がとまらなくなる奇病にはなくてはならぬ妙薬である。血友病以外にも大手術して血がとまらぬ患者には同じく卓効がある。ミドリ十字は産科婦人科医に広告して売ったという。

その血液製剤にエイズウイルス（HIV）が潜伏していることが発見された。死者が出たのである。これが何と十年前、アメリカは驚いて世界中に報告したから、厚生省をはじめ大病院は承知した。

ただこの血液製剤は加熱すればエイズウイルスは死ぬ、非加熱製剤を売るな、作るなとお願いやら通告を出したのに、ミドリ十字はそれ以後二年四カ月も製造販売をやめなかった。厚生省も禁じはしたものの、回収は命じなかった。大製薬会社は厚生省幹部の天下り先である。健康保険は患者はただ同然だが、メーカーは保険料から途方もない薬代をとって、ために保険料の支払は十何兆に達している。

加熱した新しい血液製剤と、加熱してない旧来のものを共に製造販売したのはミドリ十字で、全血液製剤の六〇パーセントだというからミドリ十字はその道の大会社で、元社長、前社長、現社長の三人が同時に逮捕されたのはタダ事ではないとここでようやく分る。

エイズ患者は名乗って出ない。出たのだけでいま二千人、死者は四百人、妊婦に用いたのがこれから幼な子として出る番である。三十余年前のサリドマイド事件を厚生省と医師団はよもや忘れやしまい、イソミンという名の睡眠薬として売られ、妊婦が飲むと分娩に痛みを感じないと言われて、飲んだらあざらし状の腕のない奇形児が生れた。製造元のドイツは驚いて売るなと警告を発したが、わが国ではなおしばらく売ったと問題になった。

今これが大事件になったのは死んだ一患者の遺族が厚生省、製薬会社、担当医師を「殺人罪」として訴えたからである。政党は薬屋から莫大な献金を受けている。証拠書類は湮滅《いんめつ》されているはずである。事件はうやむやに終ると思っていたら大阪地検が逮捕したのである。のがれぬ証拠がなければ逮捕まではできない。以下は私の憶測だが地検は証拠をすでにつかんでいる。ノンキャリアまたはさらなる下積みがかくし持っている。もしこれがうやむやに終るなら政治献金のせいだろう。けれども死人はこれから続々出るのである。一人や二人ではない、彼らは千人万人の人殺しなのである。

さてお話はここで変る。大阪地検は殺人を業務上過失致死に切りかえた。業務上過失致死なら五年以下の懲役で多く執行猶予になる。患者は毎日死ぬ、人は手をくださないかぎり、良心の呵責《かしやく》はうけない。むかし日大講堂から群がる警官を大石を投じて殺した過激派は捕えられたが、誰が落した石で死んだかは立証できないから彼らは微罪でいまそこらを歩いている。彼らまた我らの「良心」というものはこの程度のものなのである。昔は幽霊になって犯人を取殺したから相殺できたが、今はだれも幽霊を信じない。ゆえに取殺されない。

カタキ討ちを認めよ、リンチを認めよ。石川五右衛門は釜うでになった。私刑ならシナが本家である。馬四頭に両手両脚をそれぞれしばってムチ打てば、人体は蜻蛉《とんぼ》のようにイナゴのように裂ける。両手両脚を切りおとし、丸裸で便所に据えて復讐した例もある。厚生省が殺人鬼とぐるなら、つい二百年前米人が黒人にした私刑を許せ。そのとき見物の頭上にはなお「正義」があるのである。血わき肉おどる私刑を見物して自分は正義のかたまりなのである。だから法治国は私刑を禁じたらこのていたらくなのである。つくづく人間というものはいやなものだなあ。

（『諸君！』96・12）

銀の座席

シルバーシートを銀の座席と訳して、堀秀彦が朝日新聞にながい連載を書いたことがある。名僧知識の説教とちがって毎回死にたくない死にたくないと正直に書いたから日本中騒然となった。

故人堀秀彦は大学では哲学を学んだという。晩年は東洋大学の学長だったが昭和五十六年七十九歳、妻に先きだたれて十年ひとりぐらしをしている。健康ではあるが死は目の前に迫っていると思っている。

各界名士でまだ死にそうもない者どもは、趣味に生きよ自分の世界を持てなどというが、この死を忘れるほどの趣味があるか。今年百歳を迎える老人に総理大臣は銀杯をくれるというが銀杯が齧《かじ》れるか。残るは口腹の欲のみ。一流ホテルの一流レストランにキモノではいろうとしたらボーイに断られた。よし、それならあの席にいる三人の和服のご婦人も追いだせ。自分は死ぬときはわめき、あばれ、まわりの者を手こずらして死にたい、そのほうが闘いの一生の結末にふさわしいというたぐいを書いた。

堀は哲学を学んだにしてはその痕跡がない。学んだことが何の役にもたっていないのが、何も学ばなかった凡夫凡婦には嬉しい、自分たちと同じかと読者に安心を与える。待てよ死にぎわにはわめき、あばれ、手こずらしてやるなんて自分たちだって思わない。どうしてこんなに取乱すのだろう。闘いの結末にふさわしいというが、堀の一生はそんな修羅場の連続だったのだろうか、銀の座席は過去にさかのぼらないから分らないがちと大袈裟《おおげさ》じゃないかと、これは私の読後感だった。銀杯なんか齧れやしないというのも下品である。

私は堀と同じく地獄も極楽も考えたことがない。生れるのが自然なら死ぬのも自然だと思っている。ひとり自然でないのは人間だけである。間違っている。私は少年の時からこの世は生きるに値しないと漠然と思っていた。人は五歳にして既にその人である。長ずるに及んでいよいよ思った。

いっそ死にたいと二度試みたが南無三《なむさん》仕損じた。死神にも見放され、と思って以後試みないのはいいが、私は死生の見物人になった。どんな人にも自分のなかに他人がいる。その他人に十分な発言をさせるのがまあ「ひと」だが、私のなかなる他人は発言して、増長して、「私」を追いだしてしまった。

だから私は死を見ること帰《き》するが如しだというと、名僧知識かとまさか思いはしまいがアウトローである。アウトローだって死を見ること帰するが如しなのだ。いまだ生を知らずいずくんぞ死を知らんや。

まあ見てごらん道におびただしい雀や鴉がいる。けれどもその死んだ姿を見ない。象も死体を見せないという。どうして死期を知るのかと私は子供心に考えた。ある日突然胸さわぎがするのではないかと、私は時々犬になるくらいだから雀や鴉になるくらいわけはない。

その胸さわぎはこれまでついぞ経験したことのない胸さわぎなので、すなわち死期を知るのである。巨大な象もちっぽけな雀もある日同じ胸さわぎがするのは一奇《いっき》である。ひとり人間だけがしないはずはない。太古の人はしたはずである。昔はしたから今もするだろうと見ていると、かすかにするのである。このごろするのである。

だから私はわが社の女どもに命《めい》はタンセキに迫ったぞ、あんまりこき使うなと言うと、タンセキって何ですか、タンセキをわずらっているのですか。

私は笑ってタンセキのタンは元旦の旦、朝のことだよ、セキは夕方の夕、メイは迷ではない命だ、わが命は明日をも知れぬと言うほどのことだ、おぼえておけと言うが身にしみない。見れば顔色も弁舌も常のごとくである。いま目の前にある者は明日もあると思うのが人間の常である。いま好景気だとこの好景気は来年も再来年も続く、いま不景気だと同じく続くと思うのが人間の常である、満つれば欠くる、世には浮き沈みがあるというではないかといっても人は聞かない。

私は渋谷のハチ公前や六本木のアマンドの前のおびただしい若者の群れを見て、あれはイナゴの大群だと書いたことがある。私は戦前の六十年前の銀座のクリスマスイブの雑踏にまきこまれたことがある。ハタチ前後のことである。そのとき初めてイナゴの大群だと思った。自分もその一匹だと思ったのである。どうぞひとり高しと思って言っているのではないと思ってくれ。つとに私は「ダメの人」の自覚をもつ者である。千年も前の群集と現代の群集と同じだと思っただけにすぎない。

ある種の動植物が全地球を覆うことはない。一時覆ったように見えても忽ち滅びる。イナゴの大群が畑を襲うと天日《てんじつ》ために暗くなるという。この世の終りかと案ずるには及ばない。イナゴは畑を食いつくすとこんどはバタバタ倒れて死んでしまう。ゴキブリもそうである。次はゴキブリの天下かと恐れられたが近ごろ勢いがない。テレビのコマーシャルに出てないようなのでそれと知られる。

イナゴは満腹したあげく死ぬのである。苦しむのは人間だけである。イナゴの天国だの雀の天国だのがないように人間の天国もまたないと堀秀彦が言うように私も思っている。

実を言うと私は死ぬのが大好きなのである。浮世は生きるに価しないとは再三言った。思いおくことさらにないという心境である。それにしては生きすぎた。「おいくつです?」と問われると、このごろ私は言下に「百《ひゃく》」と答えることにしている。

人の年を知りたがるのはその背後に死を見るからで、自分より年上だと自分よりさきに死ぬと安心する。バカだな老少不定《ふじょう》というではないか。こんなことを言うのは私はつい四、五日前死にかけたからである。救急車に頼んでわが馴染の赤坂の前田病院にかけつけてもらった。「うっ」といってこれで死ねるかこれなら楽だ、しめたと思ったが、その間心臓が正しく働いているのを感じて大丈夫だと知った。退院して両三日になる。

(『諸君!』97・5)

ボナールの友情論

「嗚呼《ああ》玉杯に花うけて」は明治三十五年度の旧制一高東寮の寮歌で、一高にも東大にも校歌というものがない。栄華の巷《ちまた》低く見て　向ガ岡にそそり立つ　五寮の健児意気高し云々と続く。

寮歌は寮ごとに毎年詩才ありと認められた寮生が作った。その一つに「友の憂いに我は泣き　わが喜びに友は舞う」というのがある。これも少しは知られている。

新入生は数え年の十八、九で世間のことは知らないからぜひもないが、栄華の巷低く見るなんて美名にすぎる。一高東大にはいったのは、その栄華の巷の一員（高位高官）になるためではないか。今も昔も役人はワイロを取りたがるものである。ラ・ロシュフウコーの箴言に「我々は親友の不幸のなかに何とはなしに厭《いや》でないものを感じる」という一節がある。

まことに友の不運はひそかに嬉しいものである。その不運を見舞う足は我にもあらず勇むのである。友の幸運は一度は嬉しいが、二度三度とかさなるといやな気がする。故に友の幸運を何度でも喜ぶ友こそ真の友だと私は書いたことがある。

むかし私は二カ月近くかかってモンテーニュのエセー三巻を読んだ。今はみんな忘れたが、すこしは血となり肉となっている（だろう）からそれはそれでいいと思っている。私がよく記憶しているのはアベル・ボナール（一八八三―一九六八）である。画家のピエール・ボナールほど知られていないが、モンテーニュやパスカルの流れをくむモラリストで、モラリストは人性研究家と訳されているが、私は人間見物人と訳している。傍観するものは審《つまび》らか也という金言があるが、ボナールはまことによく観ている。戦前アカデミイ会員に当選しながら第二次大戦中ヴィシー政府の文部大臣になったかどで糾弾《きゅうだん》され、しばらく消息を絶った。閣僚になろうとなるまいとボナールの値打は減じない。

私は少年のころわが国の新内閣の顔ぶれを新聞で見て、必ず東大また陸大第何回卒とあるのを何の為かと怪しんだ。後年第○回陸大卒が大臣になれば自分の番はその次、またはその次の次だなとあの狂わんばかりの嫉妬をしないのだなと分って釈然とした。その祝宴に出てにこやかなのはこのせいだと知った。和気は宴に満ちるがこの和気とは何である。

か。こうして敗色あきらかな昭和十九年に元帥を三人推して彼らの友情は篤《あつ》いのである。

友情は陸海軍人のなかにあるばかりではない。それはことに東京大学にある。私の十歳年長の友に昭和初年左翼で逮捕歴ある男がある。ドイツ遊学から帰ったら明治文学研究家になっていた。そのうち美術評論家になって頭角をあらわした。戦後どうなったかと聞いたらさる有名な公立美術館の館長になっていた。ひとえに東大同期の推挽による。若い時に左翼かぶれになるのは当時は学生の常だった。何とかして助けてやれる見込のあるうちは助けてくれるのである。いつ助けてくれなくなるか。一人で見放せば友情がないことになるから、見放すときは一せいに見放す。皆に聞いて、お前もかお前もかと全員揃ったら見放す時がきたのである。

迷惑とは何か。金銭である。一人先んじて見放したら冷いと言われるから全員そろうのを待っていたのである。揃ったらもう世話しないことが許されるのである。その見放された男を見たことがある。彼はもう昔の友を訪ねられない。喪家《そうか》の犬というがうしろ姿はさながらそれであった。

以上を書いて私はボナールの影響を感じないではいられない。ボナールのように上品でないのは致しかたないが、ボナールだってキケロの友情論は避けられてもラ・ロシュフウコー、モンテーニュを避けることは至難だったろう。よくそれを避けて友情はあるかないかと追いかけて追いつめている。私はその優雅で曲折に富んだ追いかけぶりに感服しないではいられない。

俗に金銭の貸借は友情を失うというが、真の友は貸す機会が与えられたことを喜び、貸したことを忘れる、形勢逆転してこんどは借り手に回ると以前の借り手は喜んで貸して、貸したことを忘れる。

かくのごとき友は求めて得がたいから、にせの友を友だと思って、常にはそのにせの友にかこまれ、病んでは惜しまれて死にたいのである。この世にそれ以外の友があろうか。けれども稀には管鮑《かんぽう》貧時の交わりということがある。

それは男子のみにあって婦人にはないのではないかとボナールの友情論のなかのこの一章だけは友人と問答形式になっている。友は男と女の間には恋愛はあっても友情はないとあらゆる証拠をあげて説く。美しい女には必ず取巻がいる。取巻は永遠に恋の相手にはなれない。あきらめてただの友人であることに甘んじて落ちついて話相手をつとめていると、その落ちついていることに腹をたて、ここにいるのは若い肉体を備えた婦人であることを知らせるような思わせぶりをする。

哀れな若者はびっくりして昔あきらめた恋にまだ見込があったかとその気になると、女はぽんとつき放してもとの友情に返る。女はただ誰も失いたくないのである、彼女たちは男の蒐集をやってこれで十分ということがない。女は大ぜいの男に取巻かれて、そんな男でない別の男があらわれるのを待っているのだ。美しい女たちは自分を性的な存在としか見ない男に腹をたてるが、いっぽう異性として見ない男にはもっと機嫌を悪くする。

男と女の間の友情は発展するにつれて他の領域にはいりこみ、友情という名を失わずにはいられない。どうしてそれが恋愛にならずにいられるか、これが説明できるものならやってみたまえと言って友は立ち去る。立ち去るが否やさながら味方が戦いやぶれたあとにかけつけた援軍のように、友の論難に対する反駁《はんばく》があとからあとからわいて出るが首尾よく男女の間に友情は成りたったかどうか。

私はこの本が久しく絶版になっているのを惜しんで、推して中公文庫の一冊に加えてもらった。つい昨年（平成八年）末それが出たので紹介した。大塚幸男の訳文がことにすぐれている。

（『諸君！』97・6）

それしゃ

それ者《しゃ》という言葉は花柳界《かりゅうかい》が滅びると共に死語になった。玄人《くろうと》のことである、芸娼妓のことである。素人と玄人の区別がなくなったのは、何より貧乏がなくなって、皆が皆高校大学へ行くようになってからである。貧乏はいつまであったか。高度成長というより東京オリンピック（昭和三十九年）までといったほうが早分りである。それまでは早く戦前に返りたいと言ったが、以後はもう戦後ではないと言った。戦前に追いついて追いこしたからである。

戦前は貧乏人の子だくさんで、子は六人も七人もいたから、食べさせるだけで精いっぱいである。小学校は義務教育だから仕方がない、卒業を待って男の子は口べらしにすぐ奉公に出した。女の子は「おしん」のような守《も》りっこ（子守）に出した。すこし器量がいいと芸者の下地《したじ》っ子《こ》に三年か四年、百円か二百円の前借で年季奉公に出した。数え十六になると芸者にした。その時はまた改めて前借できたから、女の子が生れると喜ぶ親があった。慶(桂)庵または女衒《ぜげん》といって毎年娘を買いにくる周旋人がいたからそれに頼んだ。

経済の高度成長は大卒より中卒に早く来た。男より女に早く来た。大卒は昭和三十年代はまだまだ就職難だったが、中卒は次第にひっぱりだこではじめ進学組と就職組に別れてにらみあった。だれか知恵者が集団就職ということを思いついて、各学校から就職組を集めて東京に送りこんだが、ながくは続かなかった。就職組はなくなったのである。

昭和初年までは「小僧入用」と店のガラス戸に貼っておけば、小僧になり手はいくらでもきた。そのうち新聞に案内広告しなければならなくなった。小店員さん募集と書いた。最も集まらないのは女中で、これは女中さん募集と書いても、お手伝いさん募集と書いても来るものはなかった。

個室ありテレビあり公休ありその他の文字があるのを見ると、なまじのOLよりいいと思うがなり手はなかった。男女を問わず何より住込がいやなのである。高校を出て住込の店員になるものは絶無になった。勤め先はないのではない、らくして給料のいい聞えた会社がないのである。

女中の払底は大正の末昭和初年からだから古い。これはカフエーの出現以来である。

芸者はかりに不見転《みずてん》でも芸はきびしく教えられた。ただ出来ないだけである。仕込期間は三、四年ある、その間は便所でしゃがめないくらいである、稽古の月謝、衣裳履物、食いぶちまですべて主人持ちだが、これは借金に加えて、主人は一人前になってから取戻す。芸が売物にならなければ、体を売らせる。売るのは公然と売るのとこっそり売るのがある。くわしくは「最後のひと」(文春文庫)に書いたから省く。近ごろ自分は清く正しい芸者だったというものがあるが、芸者で色を売らないものはない。

ただ戦後小《こ》くに、まり千代、染福の全盛時代に宝塚の女優にでもなるつもりで芸者志願した娘には売らないものがあったかもしれない。それはすぐやめた。カフエーの女給は若く十人並でさえあれば誰でも勤まる。芸は何ひとつできない。全くの芸なしで勤まる商売はほかにない。

昭和初年からはカフエーの時代である。エログロナンセンスとやらの時代である。不景気にもかかわらず、いや不景気だからこそ女中になるものはなくなったのである。みんなカフエーの女給になった。女給は女中の化けたものである。

林芙美子平林たい子宇野千代は大正から昭和にかけてしばらく女給だった。やがてバー、クラブの時代になるがホステスは往年の女給の子孫である。芸者はたとえ不見転《みずてん》でも芸を仕込まれている。彼女たちにとって着物は働き着である。座敷着は五分で着る。

帯だけは箱屋（三味線箱を持って芸者に従う男）に結んでもらう。男の力をかりたい。ぐいと締めあげ「よござんすか」「結構……呼吸《いき》がつけない」。

もっともこれは花柳界が盛んなころの話である。戦後は箱屋になり手はなくなった。カフエー全盛の時代になると芸者は総くずれになって女給になった。やせてもかれても芸者なら一つは芸がある。女給はまねしてもハタチすぎてから芸は身につかない。また学ぶ気もない。ただ言葉だけはタダだからまねした。ホステスがいまだに馴染は馴染、色は色、浮気は浮気と言うのは芸者の口まねである。

私は少年のころ見るからに花やかなふわふわした女中が来たのに目を見はったことがある。これまでの女中タイプとまるで違う、子供心にははあ女給予備軍だなと思ったらはたして一と月といなかった。

素人の時代になったのである。芸者は給仕人であって客ではない、したがって座布団を敷かない、客もすすめない、膳の上のものを食べない、むろん客もすすめない。

昭和初年の女給はチップだけが収入で給金はくれなかったから客に飲食をすすめ、すすめても振舞ってくれなければ勝手に自分で飲み食いした。あとで割戻しをもらうためである。

芸娼妓のことをそれ者《しゃ》といった。明治以来娼妓を妻に迎える男は稀になったが、芸者を迎える男はまだいた。それ者あがりだといわれた。いくら堅気の細君のふりをしても着物の縞がらの好み、着つけ、着こなし、何よりも帯のしめかた、水際だって芸者あがりだと分った。すなわち玄人である。今は全部素人になった。

着物のがらの好みは、山の手と下町ではちがった。ひと目で分った。その境目は上野あたりではないか。昭和十年ごろまでその痕跡は残っていた。

役者は四つ五つの子供のころから舞台に出て、見物に見られている。十六、七から入門したものを中年者と言って意地悪した。大工も左官も料理人も同じく中年者あつかいした。いまは中年者ばかりになったから意地悪できなくなった。子役のときから出ているのは旧派の役者だけである。見物は減るばかりである。ただ役者はこの見物と共に滅びることを知っているもののようである。


（『諸君！』97・7）

ウソつき

人はみなウソつきだとはよく承知しているつもりだったが、医師もまたそうだとは思っていなかったせいか、医師のウソつきぶりを見るといやな気がした。

昭和初年私が少年のころは手淫の害がのべつ言われていた。手淫にふけるのは人間だけである、ほかの哺乳類はふけらない。サルに手淫を教えてひとたびおぼえると、ふけって生気を失い、やがて死ぬと新聞紙上で医師たちは言った。

この悪癖は人間でも男子だけにあって女子にない。男子でこれをしないものは稀である。顔面蒼白になる、髪の毛はぬける、記憶力は悪くなる、学業成就はおぼつかなくなる、成人して尋常な夫婦生活ができなくなる、そのほかありとあらゆるまがまがしい脅《おど》し文句をつらねた。

これらをどこで読んだかというと新聞の「身上相談」である。どの新聞にも出ていて山田わか女史の回答が最も信用があった。手淫が有害なことは重々承知しているが、しないではいられない、このごろは毎日する、これでは尋常な結婚はできないのではないか。

こんな訴えを身上相談で再三見た。投書するものは千人に一人だから、背後には投書しないで悩んでいる万人がいるはずである。回答のほうはおぼえてない。スポーツにはげんで我を忘れよ、云々くらいの紋切型が書いてあったのだろう。

手淫の害は教育の普及と関係がある。農村漁村の若者はそれほど苦にしなかったのではないか。教育の普及といえば明治である。谷川徹三は脅迫された一人で、何とか免れようと思って免れられないで苦しんだと晩年正直に書いていた。

大正デモクラシーは恋愛至上主義である。プラトニックラブである。男女七歳にして席を同じうしなかったから、女性崇拝の念が生じた。実物の女性を知らないで勝手に神聖にまつりあげ、それを崇拝するにいたった。女は男がつくった女らしい女を演じた。

戦後昭和三十年代までは戦前の続きである。まず貧乏があった。オナニーの害もあっただろうが、いっぽうポルノもあった。医師は徐々に女もまた手淫すると言いだした。はじめ二、三割そのうち五、六割、今では全員すること男子に劣らぬと言いだした。

戦前あれほど有害だと言った同じ医家が全く無害だ、サルもまた手淫する、教えなくてもする、ふけると死ぬなんてことは絶対ないと言いだした。

日本の医師だけがウソつきなのではない。これは西洋のほうが古い。カトリックの寮生は眠るとき両手を布団の上に出すことを命じられた。坊主の手下が夜見回りにくる。民間では親が子の悪癖を矯正しようと両手を寝台にしばりつけたと聞いたことがある。

「オナンその精を地にたれたり」というのがオナニズムの語が生じたゆえんだといわれたが、今では間違い説が有力である。手淫の害を言いふらしたのは西洋の坊主や医家のほうが早いようである。

昭和五十九年今日出海《こんひでみ》が死んだとき日出海の代表作として僅々十七ページの小文「三木清における人間の研究」をあげた新聞がたくさんあった。三木清は少壮哲学者として戦前すでに名声があった。昭和十七年報道班員としてマニラに派遣された。今日出海は三木の憂鬱を慰めるべく、たまには曖昧宿《あいまいやど》の女を買えとすすめたら三木は屋上から淫売宿の室内をうかがい見て、催せば手淫して催さなければ自分の部屋に帰って勉強を続けると言ったので聞くものみな啞然として言葉がなかった、三木が去るときも不愉快そうに「塩まけ」と言った特派員があったという。

三木が獄死したのは昭和二十年、今日出海がこの「三木清における……」を発表したのは昭和二十五年である。これによって三木の評判は地におちた。手淫の害は戦後もまだ信じられていたのである。ひそかにするのはやむを得ないが、秘すべきことを公言するのは人格を疑われたのである。

今はオナペットといって手淫は礼讃されている。女もまた皆々すると信じられている。医師は無いと知りつつ百害あると言ったのである。

思わず手淫に手間どったが、医師のウソはこればかりではない。何度か書いたが日本人に近眼が多いのは総ルビのせいだと言った。戦前の新聞は総ルビだった。豆粒大の活字の一々にケシ粒大のルビを振るのは大へんな手間だから新聞はルビを全廃したい。いっぽう日本人の識字率が世界一高いのはルビのせいである。だから新聞は各界名士、ことに権威ある医家を総動員して日本人の近眼はルビのせいだと言わせ、首尾よくルビを全廃させた。

ところが近眼は減るどころかかえってふえた。戦前は小学生に近眼はなかった、今はいくらでもいる。近眼とルビは全く無関係であるのにこのウソを責めるものもなく詫びるものもない。大新聞に意見を求められれば、大新聞の欲する通りを言うのは各界名士の常だが、国語力の低下はルビ廃止による、いま印刷物はもっぱら写植（写真植字）になった、活字を一字々々拾ってさらにルビを振ることは絶無になった、写植ならルビを振るのに全く手間ひまかからない。

けれどもここでも出来てしまったことは出来ない昔に返せない。ルビを振れる職人はいなくなってしまった。私は人はみなウソつきだが、医師のすべてがそうだとは思いたくない。手淫も近目もすこしは有害でなければ義理が悪いと思っている。ただ女子の全員がこれをしながら、口をぬぐってそんなこと夢にもしないという顔をよくまあできたなあと今さらながら思うのである。

短大生といえばすでに完全な女である。いま成人式、卒業式、謝恩会に和服の正装をしている後ろ姿を見ると、ふくら雀とかいう帯の下の尻はまるだしである。躍動して見る者を挑発している。眠られぬ夜は男に挑まれることばかり考えているのに、これまたそんなことは夢にもという顔をしている。

戦前の若者たちはそれを信じたのである。

（『諸君！』97・8）

ひと口話　大正デモクラシー

「お父さんはなぜあの戦争に反対しなかったの」「どうして兵役のがれしなかったの」「脱走すればよかったのに」。

二、三十年前の八月十五日前後には、親子の間にこんな会話があったが今はなくなった。父は言うべき言葉を失って、答えられないまま多く故人になった。

私はあの戦争中も戦後も食うに困らなかった。私ばかりではない当時の日本人の五割は農民で、農民は自分の食いぶちは残して、なお売るべき米をかくし持っていた。警察はそれを家捜《やさがし》して取上げなかった。食うに困ったのは東京とそれに準ずる大都会の住人だけだった。それでも命の瀬戸際である、皆々買出しに行って、ついに餓死者は出なかった。たった一人判事某がヤミをしないで飢死にしたと美談として報じられたが、のちに誤りだと分った。

私はマクロ（巨視的）を言っているのである、ここではミクロ（微視的）を持ちださないでくれ。「戦前まっ暗史観」では千人でも万人でも死ななければならないのに一人も死ななかったのである。

戦前という時代はいつからいつまでか、定義しにくい。便宜上私は「大正デモクラシー」の時代から昭和十二年までを戦前と呼ぶことにしている。

戦前と戦後を全く違った時代だと思っている若者にそうでないと説得することは至難である。私は試みに郵便局と銀行に分けて書いたことがある。戦前は郵便局の時代（現金の時代）戦後は銀行の時代（手形の時代）と言えば分りやすかろう。

別に「男女の仲」という分けかたで分けたこともある。いずれも「大正デモクラシー」につき当る。私は大正に生れ昭和に育ったほぼ「きけ　わだつみのこえ」に近い時代である。

あれは厭戦的な学生の遺稿を多く集めたから当時の青年は皆そうかという誤解が生じた。編集委員の一人は邦家《ほうか》のために進んで死地に赴いた学生もたくさんいた、その遺稿を採用しないのは不公平だと言って委員を辞した。あれが厭戦なら大正デモクラシーの影響だと私は見ている。

私たちは陛下のことを「天ちゃん」と呼んでいた。天ちゃんと呼ぶのは戦後のことだと思っている若者は驚くが、この「天ちゃん」には悪意はない。さりとて深甚な敬意もない。けれども八月十五日の玉音放送ではるか南方北方の派遣軍はいっせいに武器を捨てたのである。今後ともそういうことはあるまいというほどの天ちゃんである。

私は戦後盛んにあったもののすべては戦前からあったことを知っている。電気釜、電気掃除機、電気冷蔵庫などは昭和五、六年からあった。ないのはテレビだけだった。ただ当時は大金持がいて、中流の上《じょう》がいて下《げ》がいて腰弁がいて貧乏人がいた。

東芝電気冷蔵庫第一号は昭和五年七百二十円で売出された。当時の七百二十円は郊外で中古《ちゅうぶる》なら四十坪の家が買えたから誰も電気冷蔵庫なんか買おうと思わなかった。その存在さえ知らなかった。氷冷蔵庫の時代だった。ただ一流ホテルが営業用に買った。何よりそのころは貧乏があったから金持も金にあかして買うことを控えた。質素倹約を旨とする家もあった。

大正デモクラシーをひと口に言うと、親不孝の時代、恋愛至上主義、猫なで声、口語文、そしてひそかな社会主義の時代だと私は戯れに言うことがある。明治四十四年平塚らいてう（雷鳥）主宰「青鞜《せいとう》」の主張は今のウーマンリブそっくりである。それがセンセーションをおこしたのは明治末年すでにその気運が熟していたからである。

恋愛至上主義は厨川白村《くりやがわはくそん》から出た。ただし結婚を前提とした恋愛で、前提としない恋愛はまだ一般に支持されなかった。旧道徳がなお生きていたからである。今でもテレビの年配のゲストは司会者に「お見合ですか恋愛ですか」と問われる。

谷崎潤一郎はその親友恒川陽一郎が芸者萬龍と結婚したとき、恒川の母に「どうぞ二人を別れさせてくれ」と頼まれた、自分は吉井勇と共に親不孝を売物にして登場したくらいだから困惑したとその「青春物語」に書いている。

明治時代までは肉は肉、葱《ねぎ》は葱と呼びすてにした。それをお肉お葱と言いだしたのは大正以来である。戦後の「お絵かき」はこの猫なで声の極である。いまへそ出しルックが流行している。汗をかいてるゴミがついてる、つまんでとってやりたいがセクハラと言われやしないかと私は書いたことがある。娘たちはへそを中心に露出した帯状の肉を「お肉」と呼んでいる。

大正五年吉野作造は民主というのをはばかって民本主義と訳した。民主主義に二つはない、同じものだから時流に投じて忽ち一世を風靡した。大正末年ごろまでがその全盛期である。

昭和初年のエログロは今のエログロと同じである。あれは来《きた》るべき軍国主義の時代におびえてのものだと戦前まっ暗史観は言うが、理屈は何にでもつく、助平にもつく。それなら今のポルノは何におびえてのものか。牢屋のなかなる囚人でも一喜一憂している。

どうして十五年間人がまっ暗でいられよう。

社会主義がデモクラシーを追いはらったのは社会主義の頭上には正義があったからである。私有財産は盗みである、資本主義は悪で社会主義は善であるという言葉が学生をとらえたのは正義だったからである。人は金より正義を欲することがある。こうして昭和七、八年は今にも革命がおこりそうだったから政府は懸命に弾圧した。世俗は正義より金銭を欲したから、大正年間はひと口に彼らを「主義者《しゅぎしゃ》」と呼んでただ恐れた。いっぽう五・一五、二・二六事件の青年将校もまた正義である。相沢中佐は軍務局長永田中将を白昼斬殺して、その足で新たな任地台湾へ行くつもりだと言って平然としていた。正義と聞いたら気をつけよというゆえんである。「特高」は右派に甘く左派に辛い。逮捕された共産主義者の大半は転向した。転向しないひと握りの主義者は敗戦と同時に釈放され、食うや食わずの国民に凱旋将軍のように迎えられた。直ちにマスコミを乗っとり大企業内に組合をつくってその指導権を握った。あとはご存じの通りである。

最も成功したのは教員組合の支配で、いま日教組に往年の力はないが、文部省、公立の小中学校のデスク（働き盛り）はみな日教組教育の申し子である。彼らは社会主義国が崩壊しても次なる正義があらわれないかぎり、旧の正義を脱することができないでいる。資本主義には正義がない。


（『諸君！』97・9）

浮世のことはみんな「茶」に

「笑わぬでもなし」というタイトルを私は気にいっている。この世は笑うよりほかない所だからである。怒ってはいけない。怒るのはたいてい正義漢で、この世に正義漢ほど始末におえないものはない。五・一五や二・二六事件の青年将校はみんな正義漢だった。万一彼らが天下をとったら次にするのは同志の大粛清だという自覚さえない正義漢だった。

だから正義と聞いたら気をつけよといくら言っても人は正義が好きである。ことに高位高官の醜聞が大好きである。ワイロとること日常茶飯事だと怒るが、なに君だってその椅子に坐ればとる。ワイロほどいいものはない、税金のかからぬ唯一の金である。リベートやワイロを貰わないのは、貰う椅子に坐れなかったにすぎないと言えば立腹するなら試しに坐ってみよ。

新聞読者の百人中九十九人は坐れなかった者だから、新聞は高位高官の醜聞を好んであばく。あばいて直《ちょく》となすのは読者をタダで正義漢にしていい気持にさせるためで、読者はやみやみその手に乗って朝ごとに立腹をあらたにして快をむさぼるのである。

江戸の町人は怒らなかった。はるかに人間を知ってこれらすべてを笑いにした。文化国家というが現代にくらべて江戸時代ははるかに文化国家だった。何よりまじめをヤボとみた、文学を風流韻事とみた、従って政治に関与しなかった。処士《しょし》横議《おうぎ》することは武士にまかせて川柳、狂歌、「学」のあるものは狂詩をつくって笑った。狂詩は漢詩のパロディである。

「万句合せ《まんくあわ》」といって、十日目ごとの〆切で川柳を募集した。一万句以上集まったから木版に刷って配布した。旬刊である。その多くは洒落やうがちの句だったから今となっては分らないが当時は分って笑いあったのである。いま分る句をあげると、

元日やことしもあるぞ大晦日

最も名高いというより永遠に死なない句に「役人の子はにぎにぎをよくおぼえ」がある。荷風散人はいくら取かえても同じことなりと言ったが、これは江戸の町人の見るところである。怒らないで笑った。

狂歌の伝統は川柳より古い、豊太閤はお伽衆をかかえた。お伽衆は狂歌を流行させせた

のはいいが、勢いの赴くところ太閤を諷するにいたった。

太閤は一石米《いっこく》を買いかねて 今日も御渡海《ごとかい》 明日も御渡海
メートル法しか知らない読者に念のためいうと、米一石は十斗、一斗は十升である。千石船というのは米千石積める船である。

太閤は再三朝鮮に出兵した。二度目はなかなかご渡海が出来ないのを笑ったのである。落首《らくしゅ》だろう。

元禄は島原の乱から五十年しかたってない。元禄の某家の家訓には絞《しぼ》りのふんどしをしめてはいけないとある。乱世が贅を尽すまでになっている。五十年という歳月はこういう歳月なのである。旗本水野十郎左衛門が白柄組《しらつかぐみ》という徒党を組んで、幡随院長兵衛を湯殿でだまし討ちにした時代である。水野はのち切腹を命じられている。いっぽう吉原が全盛を極めた時代である。

寛政の改革をした白河侯松平定信は、金権の悪評高い田沼意次を追放した。歌舞音曲に手かせ足かせをはめた。度をこす質素倹約に大量の失業者をだした。朱子学以外を異端視して林子平を幽閉した。

春信や歌麿、柄井川柳、大田蜀山人たちを輩出したのは田沼時代であって定信時代ではなかった。定信はそれらを抑圧した。あまりの倹約に堪えかねて、白河の清きに魚《うお》のすみかねて。もとの濁りの田沼恋しきと町人はよんだ。文化国家なんぞというなら腐敗を見なおせと渡部昇一はむかし書いた。卓見である。

文化文政も為政者が浪費と放埒を極めた時代だが文化は最も栄えた。春信のまる顔は國貞の面長になった。

それまで美人の顔は刻々に変っている。それなら永遠に変ってついに絶頂を極めるかというと、何事にも寿命があってあとは衰えるばかりになった。幕末明治の浮世絵は見られたものではなくなった。

泣き泣きもよい方をとるかたみわけ

だから生きている人の世の中だというのである。かたみわけのとき喪主は同席してはいけない。あとで悪く言って心をよごすだけである。泣いたのも本当、よい方をとるのも本当、人はみなそうだから「ご自由に」と言って席をはずせと気のきいた遺族は席をはずすのである。

太平の眠りをさます上喜撰（蒸気船）たった四杯（四隻）で夜もねむれずという落首はペルリの来航を茶《ちゃ》にしている。上喜撰は上等の茶の由。茶にすると書くとたいてい茶化すと誤植される、茶にするは死語だという。茶番はまだ生きている。茶番劇と（重複して）用いられている。

文化はまじめ人間の下では栄えない。狂歌の作者は宿屋飯盛、朱楽《あけら》菅江《かんこう》、四方赤良以下無数にいるが今の新聞の政治漫画、新聞川柳とくらべて見れば分る。これが文化である。

　南畝大田蜀山人が最も名高い。蜀山人は武士である。「学」がある。学があるものは漢詩をもじって狂詩にした。一例をあげる。蜀山人の別名寐惚《ねぼけ》先生は杜甫の「貧交行」君見ズヤ管鮑《かんぽう》貧時ノ交リ　此ノ道今人棄テテ土《つち》ノ如キを「貧鈍行」ともじって、貧スレバ鈍スル世ヲ奈何《いかん》　食ウヤ食ワズ吾ガ口過《くちすぎ》　君聞カズヤ地獄ノ沙汰モ金次第　カセグニ追イツク貧乏多シと。

　焼野曲（自棄《やけ》の曲）　愚仏先生
金持矢張飯三杯　金持矢ッ張リ飯三杯
銭無矢張飯三杯　銭無《ゼニナシ》矢ッ張リ飯三杯
酔暮一寸先闇　酔ッテ暮セ一寸先ハ闇
雖不搗餅正月来　餅ヲ搗《ツ》カズト雖《イエド》モ正月ハ来《クル》

愚仏先生は若くして死んだ、経歴は不明とものの本にある。

私には浮世は人体を模して出来ているように見える。文化は清潔なところでは育たない。大都会にはスラムがなければならない。だまされてはいけない。島崎藤村は姪に子を生ませてそれを「新生」に書いて人格者になりすました。今も人格者だと信じられている稀有《けう》な人である。藤村は「夜明け前」と題した。明治は明るく江戸はまっ暗だといわんばかりである。言えば読者が喜ぶいい題である。迎合である。藤村はすぐれたジャーナリストだった。

（『諸君！』97・10）

「あぐり」終る

ＮＨＫの連続テレビ小説のヒロイン「あぐり」は、珍しい名である。女の子ばかり生れて、今度こそ男の子がほしいと願って最後の娘につける名だという。これに当る漢字はない。方言かと辞書はいう。「とめ」または留子というのに似ている。

あぐりは十五の時、郷里岡山で吉行エイスケと結婚してまもなく上京する。エイスケは小説を書いて新人として認められている。あぐりは美容師になる。吉行淳之介、和子、理恵は、二人の間の子である。エイスケは昭和十五年淳之介が十六のとき死んだ。三十四だった。淳之介は、昭和十七年旧制静岡高校へ入学、やがて東大へ進んだ。

昭和二十五年から二十九年まで、私は市ケ谷ビル二階に工作社創立事務所という看板を出して小店員二三を使ってひとりで出版をしていた。あぐり美容院は市ケ谷から麴町へかけての坂の途中にあったはずだがおぼえてない。あたりにまだ焼跡が残っているころである。

淳之介らしい人物なら市ケ谷ビルの喫茶店で見た。二重回しを着て編集者らしい男と話をしていた。男のキモノ姿は戦後は稀になっていた。まして二重回しは着物に羽織る外套である、今どきこんなものを着る若者はない、それは幽鬼のように見えたからおぼえている。二十九年私は虎ノ門のこんぴら様の筋向うに引越したから、以来絶えて見ない。

吉行淳之介はすでに新進作家で、まもなく芥川賞をもらったと新聞で見た。また何年かたって随筆のなかで私の「年を歴《へ》た鰐《わに》の話」をほめていると聞いた。さらに一両年たってその小文を収めた随筆集を送ってくれた。私も私のコラム集を送った。それだけの縁で、三十余年たって私は吉行の訃《ふ》を聞いたのである。

吉行からもらった本はなん冊もあるはずなのに、私がさがせば必ずない。ようやく「なんのせいか」（昭和四十三年八月十日初版）定価四九〇円と奥付にある一冊をさがしあてた。

吉行四十四歳、すでに流行作家である。この本は短編集ではなく随想集である。「なんのせいか」という題は私（吉行）が主張した。私が作家になったのは「なんのせいか」、この二年ほど小説が書けないのは「なんのせいか」。いろいろの「なんのせいか」

が読めば分ってもらえる筈である。昭和四十三年夏と吉行はその「あとがき」に書いている。

吉行の夥しい作品のなかでこの本の世間的評価が高いのか低いのか私は知らない。ただこのなかにも吉行らしい言葉がたくさんつまっている。ご承知のように吉行はむずかしいことをやさしく書く人である。だからなあんだと思う人があるかもしれないが、私はこれを読んだ時は心を打たれた。同感することが多かった。いま思いだして文字通りではないが拾ってみる。

大好きな言葉だから他人の文章を写すのはラクだとおもうのは間違いで、自分の文章を書いたほうが、はるかにラクだと吉行はトーマス・マンの「トニオ・クレーゲル」（福田宏年訳）の十行余りを引用したときに書いている。同感である。私は引用すれば必ず誤る。吉行は他人の文章を写すのはラクだと「おもうのは」と写したが、私ならうっかり「思うのは」と書いてたいてい気がつかない。「はるかに」ラクだを「遥かに」と写し誤るかもしれない。だから私流に大意を伝えるのを許してもらう。

——先日もコミュニストである一友が来て吉行に言うには「君はもっと政治に関心を持たなければいけない」、それにはエドガア・スノウとあと二、三いま流行の本をあげて読めとすすめてくれたが、その夜彼が話してくれたことに耳新しいものは一つもなかった。理路整然と言えと言われても言えないが、現代に生きるということがどんなことかは馬鹿でないかぎり自然に分る。

だから私はエドガア・スノウを読む気はない。二ページも読めば面倒くさくなることは明らかである。三十五をすぎてからは、努力して理解しようと試みることは一切やめた。結局それは無駄骨で、素通りして軀《からだ》のそとへ出ていってしまうことが分ったからである。

同感である。私は文士は政治に関与しない、というより政治に関与できないものが文士になると思っている。文学は風流である。わが国の文学は硯友社の尾崎紅葉までは政治に関するのをヤボとした。自然主義だって女には関しても政治に関しはしなかった。関したのはプロレタリア文学以来で、あれだってつけ焼刃だった。

——社会的関心を持つと作品が観念的になっていけないと宇野浩二は言ったが、私(吉行)に言わせれば作品のなかでまず腐りはじめるのはその部分である。それと、いわゆる「新しさ」。この二つから作品は腐りはじめる。

昭和初年の吉行エイスケの文章は当時の新しさにみちみちていた。だからすぐ腐ったと言っているのである。

——不愉快なのは漢字制限である。私はむつかしい言葉を使ってよろこぶ趣味はない。

挫折、疎外などと身振りの大きな言葉を私は好まないが、しかし「ざ折」はひどい。「ざ折」と書くくらいならいっそこの言葉を廃して別の言いまわしを考えたほうがはるかにいい。もう一つは字画を減らせば覚えやすいという考え方である。イヌは遠くに置き去りにしても家にモドってくる。そこで「戻」るという字ができたが、今は「戻」るになって、「、」を節約している。これが何の節約になるか。国語問題も赤線廃止も似たようなものだと吉行は言っているが、ここに赤線廃止が出てくるのは飛躍がすぎるが、吉行の読者なら「古池や根岸の里のわび住まひ」のたぐいだと破顔一笑するだろう。

以上分りやすい言葉で書いた二、三を並べたが、以下は分りやすい言葉で少しく難解に迫った字句である。私は「私の読者百人説」、「ベストセラーなら読むに値しない説」に似ているからあげさせてもらう。

――文学というものは周囲の理解を得られなくて、狭い場所に追いこまれて、そこに蹲《うずく》まって摑みとったものを元手《もとで》にして作られる。まず狭く狭く追いこまれるのが文学の宿命である。従ってあまり多くの読者は予想できない。万一百万読者に読まれたら、それは文学以外の要素で読まれたのである……

（『諸君！』97・11）

ダイジェスト　この半世紀

「水に落ちた犬を打て」と私が言っても信じないだろうから魯迅が言っていると書いたら、それでも落ちた犬なら助けてやるのが人情ではないかといわれた。

私は朝日新聞と岩波書店を水に落ちた犬にたとえた。朝日、岩波は酷似した存在である。正義と良心を売物にしてなん十年になる、それを難ずるのはながくタブーだった。誰が禁じたのでもない、インテリが自ら禁じた。各界名士は朝日に登場してはじめて名士である、主人と家来の仲に似ていた。

すべて原稿は掲載されることを欲する。朝日や岩波に依頼されて、両社に気にいらぬ原稿を書く名士はない。両社が中国（またはソ連または北朝鮮）べったりのときはべったりの原稿を書く。中国には蠅が一匹もいなかったというが如しである。これを迎合という。

「特派員国を誤る」とそのころ私は書いた。戦前ドイツが破竹の勢いだったとき、初めの勝ちはウソ勝ちだ、ドイツと同盟なんかするな、英米を敵に回すぞと書いた駐米特派員がいた。何度没書になっても書くから仲間はよせ、左遷されるかクビだぞと忠告したが、一旦緩急あった時にこれを書くためにオレは新聞記者になったのだ、とめないでくれと言って手をかえ品をかえて書き送った。特派員仲間はあきれて去り、次いで村八分にした。

戦後も当時とちっとも変らない。社会主義は善で資本主義は悪だった。財産は盗みである、持てる者から奪って貧しい者に公平に分配するのは正義である。自衛隊は憲法違反であり税金ドロボーだった。これほど侮辱された隊員が、なお国民のために死んでくれるか。

私はわが国はアメリカの植民地または属国だと見ている。どこに自分の国を他国の軍隊に守って貰って安閑としている独立国があろう。小学校からわが国は独立国ではないと教えないからこうなったのではない。根はもっと深い。

昭和初年の不景気は大学の新卒十人のうちまともな就職できる者は三人前後だった。日清日露の戦役は一年内外で終っている。私は「戦前まっ暗史観」は為にするウソだと言い続けてきた。それまで戦争は儲かるものだった、不景気を吹きとばすものだった、第一次世界大戦にわが国は英米に味方して漁夫の利を占めた。

国民は戦争を歓迎したのだ。満洲事変は短時日で終ったから支那事変も同じくすぐ終ると楽観していた。はたして支那事変は昭和十二年七月に始まって連戦連勝、その年の十二月十三日には南京を占領した。南京は首都である、首都が陥ちれば事変は終ると国民は提灯行列、花電車の用意万端《ばんたん》ととのえて兵の凱旋を待っていた。それがながびいたのである。

昭和十四年までは街に物資はあふれネオンは輝きバーカフエーは満員で、軍需景気でわき立っていた。私は友のひとりがノモンハンで戦死したと聞いて、彼の勤先の銀座へかけつけた。タキシー拾うこと自在だったことをおぼえている。

昭和十八年まで芝口《しばぐち》の牛鍋屋今朝《いまあさ》は店をあけていた。永井荷風の日記中に再三今朝が出てくる。荷風が有名人だから食べられたというなら、一個無名の若者だった私は、麹町の丹波屋で食べている。町のライスカレー屋そば屋も営業していた。ただし十一時から二時までのランチタイムが一時半まで、一時までと刻々に短くなった。物資がなくなったのは配給になったからである。今だって明日から米タバコ酒は配給だときいたら店は空っぽになる。

本当に困ったのは昭和十九年十一月第一回の空襲があってからである。けれども餓死したものは一人もなかった。皆々買出しに行った。近県の農家は自分の食べ料を残してなお売るべき米をかくし持っていた。あの二、三年は農家の最良の日々だった。飢えたのは東京に準ずる大都会の住人だけである。

読者はアフリカの飢えた母娘の写真を見ただろう。あんな飢えはわが国にはなかった。誰も命の瀬戸ぎわである、ない知恵をしぼって生きのびたのである。再三言うが餓死したものは一人もなかったのである。

満洲事変によっていかに好景気になったかは大学生の売行を見れば分る。満洲事変直後から工学部は全員売切れた。文学部はあと回しですこし遅れた。当時の大学生の過半は社会主義のシンパだった。けれどもすぐ逮捕されすぐ転向した。おていちゃんこと沢村貞子だって再三逮捕されて再三転向している。

敗戦直後、進駐軍は獄中のひとにぎりの共産党員を釈放した。彼らは凱旋将軍のように迎えられた。もと転向者は彼らのもとにはせ参じてまず新聞社を乗っとった。お忘れだろうが読売新聞である。あらゆる大企業に労働組合をつくらせ、その牛耳《ぎゅうじ》をとった。最も成功したのは教員組合で、小中学生に社会主義を吹き込んだ。

社会主義は貧乏と病気がないと育たない。この十なん年貧乏がなくなって日教組に入党するものは激減した。すなわち水に落ちた犬である。けれども次なる教育のプリンシプル（心棒）がないかぎり過去の惰性で社会主義教育をするよりほかない。いまだに日の丸君が代反対しているのはそのせいである。

私はこのなん年来二十代の女子社員二人と対談で「戦前という時代」を再現しようと試みているが、彼らが骨の髄から日教組育ちであることを肝に銘じた。文部省や新聞社のデスクも同じである。水に落ちた犬なら打たなければならないゆえんである。

彼らは何ごとも話しあいで解決できると信じている。ソ連とアメリカはできるか、韓国と北朝鮮はできるか、慰安婦強制連行はあったという派となかったという派は話しあいできるか、そもそも夫婦の間で話しあいができるかというと一笑するが、話しあいを否定されることはまず不愉快なのである。

ペルリの来航と同じくソ連あるいは中国の軍艦二、三隻東京湾で空砲を放ち上陸したとせよ、社会主義べったりの彼らは歓迎にかけつけ、社会主義政権を樹立してもらって、その功によって大臣にでも任命されるつもりだったのだろう。資本主義の属国から社会主義の属国に変るのである。それがこの五十年の騒ぎである。まさかと笑うがそれなら自分の国は自分で守るか。私はこんなに露骨に言うつもりではなかった。二人の社員とのやりとりの珍なることを紹介して笑ってもらうつもりだった。いずれ試みたい。

（『諸君！』98・1）

処女崇拝

厨川白村《くりやがわはくそん》の恋愛至上主義について書きながら、処女崇拝に触れるのを怠っていた。戦後は処女崇拝は衰えたが、全くなくなったわけではない。

大正年間の恋愛は結婚を前提としたものだけが許され、前提としないものは表向きはまだ野合《やごう》あつかいされ、爪はじきされていた。爪はじきされる覚悟なら緊張が生じる。緊張が生じれば恋に似たもの、恋のごときものが生れるからまんざら悪いことではない。

戦前と戦後の大きな違いは電信柱がなくなったことである。戦前は東京中電信柱だらけで、それにはペンキで五本に三本は花柳病《かりゅうびょう》の広告が大書《たいしょ》してあった。

性病のことである。淋病、梅毒、軟性下疳《げかん》以下いろいろあるが、代表的なのは淋病と梅毒で花柳小説には性病のことと待合《まちあい》の勘定のことは書いてない。書くとたちまち恋愛小説でなくなるからである。

梅毒は淋病とくらべてかかりにくいが、かかると不治である。「解体新書」で名高い杉田玄白という蘭法医は、オランダ人譲りの秘伝で梅毒を治すという評判で、江戸中の患者は金持なら招いたから玄白は金持になった。

宇野浩二は梅毒で発狂したとこれは親友の広津和郎が書いている。根治したというが、発病前の文章と治癒したあとの文章は別人のようだから因果関係があるのではないかと私は疑っている。辻潤は根治しなかった。時々正気にもどったが宇野のように治ってはいなかった。

色でかせぐといって歌舞伎役者は芸者に買われるのが常だった。女が男を買うのである。どうやって金を与えるのかはあとで言う。芸者は芸を売って色は売らないというのは表看板で、裏では毎日のように色を売った。それでも看板は大事で、売らぬと言いはっていれば売らぬと世間は思ってくれる。初心《うぶ》な男はおずおずと口説《くど》いてぴしゃりとはねつけられて、看板通りだと思って素人に相対しているような気持になる。

相手は芸者だよ、売りもの買いものだぜと向田邦子作「あ・うん」のなかの遊び人の友は、初心の友をたしなめている。初心の友が芸者に素人みたいに惚れたからである。

助六の情人揚巻《あげまき》という花魁《おいらん》は、間夫《まぶ》はつとめのうさ晴らしだと公然と言い放っている。芸者は花魁の子孫で、名のある役者と深い仲になるのは芸者の名誉である。あの役者を買ったほどの芸者ならおれも買いたいという客があらわれる。金さえつめば誰にでも買われる女ならたぶん病《やま》い持ちだろう。げんに「河内山と直侍《なおざむらい》」の入谷の蕎麦屋の場で直侍は三千歳《みちとせ》を訪ねて按摩の丈賀《じようが》が、花魁がたの病気といえば七分はたいがい梅毒だが、三千歳花魁の病気は恋わずらいだそうだと言うのを聞いている。それなのに役者と夫婦になった芸者はしばしば玉のような子を生んでいるからこの病気も分らないところがある。

電信柱がなくなったと同時に花柳病もなくなった。ペニシリン、ダイアジン以下の抗生物質の投与でさしもの性病も全滅した。これが昭和三十年代、高度成長と軌を一にしている。私は時々職業別電話帳で見る、全国のどの町にもあった謄写版屋《とうしやばんや》はいま一軒もない。花柳病の病院も一軒もない。電話帳によって職業の消長を知るのである。

ついこの間避妊薬ピルが解禁になったが、誰も騒がなかった。二十年前は騒いだが、今は騒がないのはピルよりもっといい避妊薬が半ば公然と売られているからだろう。名を聞いたが忘れた。援助交際の娘たちは情報を交換しあってよく承知なのではないか。

戦前夥しくあって戦後全くなくなったものの一つにホリック式何とかという短小のペニスを大きくしてくれる器具がある。この広告は電信柱ではない、雑誌に出ていた。男の大衆雑誌なら全部に出ていた。頭がよくなるエジソンバンド、蓄膿症を切らずに直すという広告を凌ぐほど出ていた。

透明なコップ状のガラスのなかにペニスを入れ、ゴム管でなかを真空に近くするとペニスはみるみる大きくなるという仕掛けの器具で、それらしい写真が出ていた。

男が処女崇拝というか処女にかぎるというのはこのホリック式と関係がある。ひょっとしたら自分は短小なのではないか、人並以下なのではないかと童貞のうちは皆々心配する。

公開の席でくらべれば分るがその機会はないから売れたのである。むかし私は多情な婦人に聞いてみたことがある、来世は男に生れたくはないか、ハンサムな男に生れて慕いよる女を片はじから犯してみたくはないかと聞いたら、言下に再び三たび女に生れたい、男なんてごめんだと答えた。短小というのは本当にあるのかと聞いたらあるのだそうである。どのくらいか、小指くらいです、えッ。親指中指くらいのもあります、よくしたものでそれでも固いから夫婦なら無事なのでしょう、大きいほうがいいか、ただ大きいより大きくて固いのがいい。

皇后もはじめ膝かと驚かれ

という川柳がある。弓削道鏡《ゆげのどうきょう》には巨根伝説がある。膝ではないかと初め驚かれたと、男は女が巨根崇拝だと知るからホリック式何とかに頼るのである。この広告も戦後は全く見ない。特許でもあるのかもしれない。くわしくはべつに書く。

「満座のなかで男が泣く」と私は書いたことがある。娘の結婚がきまると父親は半狂乱になって、娘をやりたくないと髪かきむしる、婿になる男にやきもちをやいて憎む、昔は二度とわが家に帰れると思うなと送りだしたのに、いやだったらすぐ帰っておいで、いやでなくても帰っておいでという父親がふえた。

見苦しい。昔の父親だって未練な男はいただろう。けれども他人の目にはただのお多福である。だから未練だと心得て帰せもどせとは言わなかった。第一あの花たば贈呈式とは何だ、見ていてごらん、きっと父親は泣くからと花嫁の友が噂するとはたして父親は泣くそうだと書いたら、川上宗薫はあれは男どもが遊ばなくなったからだ、赤線廃止以後に育ったからだと言ったのでいかにもと思った。芸娼妓と遊んでいれば少しは婦女子とはどういうものか知るだろうというほどの意味である。

処女崇拝と女性崇拝は似たところはあっても違う。昔から「色《いろ》は年増《としま》」といって、処女より男を知った女のほうがいいという定評がある。ただ妻にするには処女にかぎるという男の心中には恐怖がある。男を知った女は前の男とくらべる。今の男はその男を知らない。あとで知ってなあんだあんな男かと笑えるならいい。

女は今の彼とくらべて若気の過ちとはいえあんな男に夢中になった自分を恥じる。それなら問題ないが、男が笑えるにはそれだけの器量が要る。まず男を見る目がなければならない。そんな男と同棲した女ならその程度の女だと思わなければならない。してみればいずれ自分もこの女と別れるだろうと思うと、ここにあるのは恋でもなければ愛でもないと自覚しなければならない。

今のところ男の胸中は女には分らない。分らないなら再び別の過ちを誤っているのかも知れないからしばらく夢のさめるのを待てばいい。男には前の男に対する嫉妬がない。ところが世間は嫉妬にみちみちたところで、この世は嫉妬で動いているといっていいほどだから右のような冷い男は少い。処女崇拝は女をひとりじめしたいのだから、大げさにいうと男の全部を敵に回す。もう一つこれは秘《かく》して言わないが自分の性的能力（大小硬軟）が、他人より劣っていやしまいかという心配がある。妻に問いただすのが一番だがそれは恐ろしい。

嘉村礒多（明治三十―昭和八）という小説家は宇野浩二に激賞され、世間に出てわずか四、五年で死んだから作品は多く残ってないが、私は少年のときその代表作「途上」を読んで衝撃を受けた。

嘉村自身とおぼしき主人公は、山口県の農家の生れでいま家産は傾きつつある。それでも名門県立山口中学に入学したのはいいが強いものに媚び弱いものに威張るよくある性質である。嘉村は他人がそれをあばくのではなく自分があばいてやまない。寄宿舎の消灯時間がすぎてもひそかにランプをつけて勉強家ぶる、親のことを思えば勉強せずにはいられぬと口走って、オイあいつ親のことを思えば——だってサと同室の上級生にあざけられる。室長に「君、君はみそ汁の実のすくいようが多いぞ」と満座のなかではずかしめられる。

田舎者まるだしの父が寮に彼を尋ねてくるのを、寮生の目をはばかって街道で待ちぶせ追い返そうとする。「オレじゃ朋輩《ほうばい》に恥ずかしいと言うのか、われもオレの子じゃないか」。父は手をふるわせ、怒るより悲しむ。

四年間の学生生活に疲れはて退学して家をつぐと言って父を喜ばしたが、思えば中途退学したことが悔しく淋しくてならぬ。数え十九のとき二つ年上の今の妻と結婚してしばらくは無我夢中で、やがて男の子が生れると妻の愛は根こそぎ子に奪われたと思うといっそ殺したい、乳を吸って離さぬ子をじゃけんに引きはなすと妻は「何をなさる、あんたという人は。子供にまでやきもちをやいて」。

知らなかったのはうかつだった。妻は娘時代に二年上級の大嫌いな男と醜関係にあったという。「お前本当に処女だったか」「処女だったのだろうな」と繰返しつめよるが妻は激怒しない。「おれの目をまっすぐに見よ、だまされはせぬぞ」と再三再四責めるので妻は「ふん」と鼻であしらうようになった。

妻が処女でなかったことに主人公はこだわり続ける。若い女を見ると美醜を問わず処女か否かしか思わぬ。幸い私立女学校の書記の職についたかと思うと、同僚の裁縫の女教師とたちまち恋仲になる。ひとえに彼女が処女だったからだ。拉《らっ》して東京に駈落ちする。

自然主義の作者だってここまでは書けない。少年の私がショックを受けたのはもっとである。だから戦前の娘は、処女はもとより処女でないものもいよいよ処女のふりをしたのである。十七、八になれば朝に晩に男のことしか思わないくせに、よくまあああんなポーカーフェイスができたものだ。書けるものなら諸君、嘉村のように書いてごらん。

男は自分の能力が人並以下ではないかを狐疑して、恐る恐る吉原や新宿や品川に行く。けれども戦前の男はみんな行ったと思うのは甚しいまちがいである。

何より娼婦は客のまわしをとる。一晩に五人も十人もとる、不潔ではないか。その不潔にたえられる者とたえられない者の二派《ふたは》に若者は別れる。俗に遊びという。男女の仲は金を払ったらおしまいなのである。だから花柳小説は金の授受の場面を書かない。書けば売買であって恋愛でなくなるからである。

近松や西鶴の時代まで島原や吉原は社交界だった。太夫と呼ばれる花魁もいたし最下級の女郎もいたが、金さえだせば買えることに違いはなかった。女は百人も千人も男を知っているのである。それが思いつめて心中するのだから、ここにあるのは素人の恋より恋に近いものである。

お話変って敗戦直後アメリカ占領軍は日本の女郎屋にあがった。女郎屋は拒むことはできない。女郎は黒人の客を恐れて逃げまわった。巨根で怪我して血だらけになった。黒人以上の男がないことを日本の女が知ったのは二、三十年たってからである。今では素人の女が黒人のとりっこをする。芸娼妓を廃すと素人と玄人の区別がなくなる。素人はみんな玄人になる。

バンザイクリフといって、女たちは夷狄《いてき》のレイプを恐れて身を投げたのである。それが今は黒人の腕にぶらさがるのである。金を貰うのではなく貢《みつ》ぐのである。巨根のせいだと思うよりほかない。その上この世ならぬサービスをしてくれるという。アメリカ人の当惑はここにあるのではないか。昔はアメリカ人は黒人を差別した、犯した上に殺した、この百年一つずつ差別を除いた。選挙権まで与えた。黒人の票で当選した白人の国会議員は、黒人の権利をいよいよ増大させた。

ここに於て黒人と白人の正式な結婚をさまたげる何ものもなくなった。それは表向きで依然として差別はある。黒人への性的コンプレックスはある。偽善はどこでとめなければならないか。アメリカ人ばかりでなく人間全体は問われている、処女崇拝は今は嘲笑されているがその根は深いのである。

（『諸君！』98・2、3）

本屋を滅ぼすものは本屋

本が出すぎる、雑誌も文庫も新書も出すぎる。買う人口の何倍も出るから、その半ば以上は返品になる。返品率五割というが、七割返品されるものと三割返品されるものがあって、平均が五割なのだろう。これまで売れなけりゃ返せばいいと無傷《むきず》でいられた取次店（問屋に似たもの）もさすがに狼狽している。版元は「再販制度」の是非でもめているが、それどころではない。一流といわれる版元はひと月に単行本二十なん点、文庫本同じく二十なん冊、ほかに〇大雑誌、選書、新書まで出している。売れない雑誌は廃刊するが、そのスタッフのために新しい雑誌を創刊しなければならない。泡沫景気のとき社員を多きは二千人、少くも四、五百人もかかえたのでそのために出さなければならない。

点数を減らしてはどうかというと、減らしたいがライバルの乙、丙、丁社が同じく減らしてくれなければ減らせないという。それでは「談合」し玉え、雑誌協会があるじゃないかと言ってもウンと言わない。

「棚のとりっこ」なのである。岩波文庫がひと通り揃っていればその町一番の書店だといわれた時代は去った。今は置いてない本屋さえある。以前文庫はドル箱だった。甲社は文庫で食べているといわれていたが、今はそうでなくなった。文庫を持たない乙丙以下はせっかく売れる本を甲社の文庫に奪われてはソンだと皆々文庫を出して文庫だらけにした。足の踏場もない。

明治以来必要な本と雑誌は出揃って、いま出ているのは必要なんかない本であり雑誌である。そのなかで十万五十万売るには、とかく浮世は色と欲である。マネーゲームの時代は欲ばった本や雑誌が出たがその時代は終った。残るは色である。

古本屋は本の目ききで、その騒ぎのすぎたベストセラーは、一冊百円の箱につっこむ。だから版元はベストセラーに次ぐにベストセラーを出さなければならない。

題だけで売れる本がある。「女の器量は言葉次第」――言葉はタダである。それで器量がよくなるなら女は千円を惜しまない。「大往生」――死は永遠のテーマである。これまたいい題であるが、売れる題をあとからあとから吐きだせる編集者はない。ジャーナリストの才はせいぜい五年で、あとは自分の秀逸といわれたものをマネするだけである。

健康な人は本を読まない。そもそも本を必要としない。必要とするのは選ばれた人で、古典だけでいいのである。デカルトの時代は読むべき本は少かったが、そのすべてを読んで加えるべきものはなかったという。奇思すでに古人に尽きたり、妙想すでに西人に尽きたり、われまた何をか加えんと故人はいったけれども、同じことでも同時代人の口から聞くのはまた別格である。だから本は出てもいいが、明治大正までの初版五百部か七百部でいい。版元も書店も家業でいい。

もともと本を読まない野次馬に読ませなければベストセラーにはならないのだから、彼らに気にいる本をつくらなければならない。十年来のテーマはヘアだった。あれは警察の取締りのおかげで売れたが、取締りが後退したら売れなくなった。今度は臓物を出すよりほかない。出すだろう。間男《まおとこ》があまりに生々しく女が顔をそむけるなら不倫と言おう。こんなことを思いつくのが「才」なのである。もしこれを才と認めないなら他の才を示せ、ただし売れるものでなければならぬと言われる。

人は済度《さいど》しがたいほど醜聞が好きである。近ごろのヒットはダイアナ妃騒ぎである。もと王室の醜聞ならこれ以上の醜聞はない。あれはマリリン・モンローに次ぐセックスシンボルである。マスコミの餌食《えじき》である。わが皇室も開かれたものにせよというのは餌食になったらさぞよかろうという願望である。

言論は醜聞ばかりではないというが、ソ連べったり中国べったり北朝鮮べったりもまた別派の醜聞である。灰谷健次郎も相田みつをも一杯のかけそばも良心的という醜聞である。「どうしてそんなに謝るの」と日本人の過半は思っているのに陛下にお詫びの言葉がなかったと新聞は不服だった。軍隊がないからだと言うことはタブーである。

わが国に新聞は朝日新聞一つしかない。あとはみんな朝日のまねっこだということは禁じられている。朝日に原稿を頼まれて朝日を忌憚なく論じるものはない。各界名士は朝日に書いてはじめて名士なのだから。給金をもらわない奉公人だ。そう言えるのは本誌とその与党くらいである。

私はキャンペーンならみんな眉つばだと言っている。原爆許すまじなんて標語はたわけている、つくってしまったものはつくらぬ昔には返れない。言論はいつの時代でも自由ではない。げんに本誌(「諸君!」)は十一年間広告掲載を拒否されていたではないか。

それがベストセラーだと聞いたら読むに及ばない。ただし出版社というのは不思議な商売で、売れぬときまった作者を叱咤し激励しついに一巻にして売れる本と売れる(だろう)本のつなぎにごまかして出して、果して売れなくても満足する編集者を飼い殺しにしておく商売なのである。

それなら読者は各版元の売れない本ばかりあさって読めばいいかと言うと、それがそうでないのである。その多くは売ろうとして売りそこなった本だからである。

私は自分が版元のくせに奇怪な発言すると怪しまれるかもしれないが、どんな人の頭のなかにも他人がいる、第三者がいる。第三者をして自由に発言させなければいけないのに、彼らはことが自分に関するとさせない。わが社わが国の場合もそうでそれが健康で、健康というものはイヤなものだと言いたいが、ひとりわが国のインテリはわが国をあしざまに言う。それなら私をとがめる資格はない。

私は私のなかなる他人がのさばって当人である私を追いだしてしまった存在である。だから私は本屋は近く総くずれになると見ている。本屋は企業であってはならない、昔のような家業でいい。二、三人で年に数冊出して食べられればいいと思っている。失業者はどうすると言い玉うな。どんな町にもあった謄写版屋はいま一軒もない。タイピストも一人もいない。社会問題になったか。いま本屋は自ら墓穴を掘っているところである。本屋を滅ぼすものは本屋である。

（『諸君！』98・4）

核家族完了して

戦前という時代はどういう時代だったか、戦後生れの若者に伝えることを試みて十年近くなるが、出来ないでいる。たとえば戦前の男女の仲——これなら興味があるだろうと、幸田文《あや》と森茉莉《まり》を糸口にして書いたがこれが分ってもらえない。

戦前の若者はみんな女を買ったと思っている。いたる所に遊郭があってそこで買っていたと思っている。まさかと驚いたのが戦前という時代を語ろうと思ったきっかけである。戦前は大正デモクラシーの時代、プラトニッククラブの時代で、女を買うのは恥ずべきことだった。いっぽう買ってばかりいる一群もむろんいたが、ひと時代前のように自慢するものは少くなった。それは次第にうしろめたいことになった。

それなら買うものと買わないものの割合はどのくらいかと問うから、そんなこと知るものか今ソープ嬢を買うものと買わぬものがあるのと似たようなものだろうと一蹴《いっしゅう》したが、実はそれが違うのである。

そこに深入りする前に私は「戦前まっ暗史観」をくつがえさなければならない。昭和四、五年は不景気のドン底で、東大を出ても十人のうち三人しか就職できなかったという。不景気というのは金がないのではない、使ってくれないのだ。使わせるには色と欲にかぎると昭和初年のエログロ時代が生じた。

私は大正に生れ昭和に育ったから大正デモクラシーならよく知っている。「君には忠親には孝」を征伐した時代である。陛下のことを「天ちゃん」と言った時代である。べつだん悪意はないことは以前書いた。

森鷗外の長女茉莉は、私は父母に挨拶というものをしたことがないと書いている。挨拶の喪失は大正デモクラシーの特色の一つである。以後挨拶は今日《こんにち》に至るまで復活しない。

私はいま新入社員と七、八年の古参社員の二人を一組にして毎月一回対談している。いずれも一流大学出の才媛である。男女をとわず上役というものは新入社員に命令することはあっても懇談することはない。従って若者を知る機会はほとんどない。三時間話してそれを削りに削って二十枚にする。それによって得ることがずいぶんあった。今もある。

私は耳で聞いて分る言葉で書けと教えている。いっそ子供の言葉で書いてみよ、ひらがなばかりで本字《ほんじ》は山川草木どまりで書いてごらんと言ったら、本字って何か、ひとりふたり三人よったりと言ったら、よったりとは何かと聞かれたことがある。驚いて、帰って友に聞いてみよと命じたら聞いてきた。

同年配の五人の友のうち四人はついぞ聞いたことがないと答えたという。ひとりだけ「えーッあんたそんなこと知らないの。子供のことばよ」。

五人に一人十人に一人なら知らないほうが多い、恥じるに及ばぬと平気なのはこのせいである。弟子は常に不肖である。不肖の弟子ほど可愛い。万一弟子が師匠を凌ぐ恐れがあると師弟の仲は悪くなると言いさして、気がついて不肖って知ってるかと二人に聞いたら知らぬと答える、ほら不肖梅本冬彦なんてスピーチで言うじゃないか、肖像画っていうじゃないかと言ったら肖像画なら知ってます、豚の子のたぐいですねと言うので、しばらく絶句して「豚児《とんじ》」のことだと気がついて何というユーモア！　と感服した。

この娘である、私は映画と和解してないと書いたら、ケンカでもなさったんですか。映画は末で本《もと》は芝居だというほどのことで、これは既刊「『室内』40年」（文藝春秋）に書いたが、「三勝半七酒屋の段」、みかつじゃないぞ、さんかつだぞ、女だぞ、知るまいな。

知るわけないじゃありませんか、酸欠で心中溺死したんですかとやりこめる、これが当らずといえども遠くないのだから再び三たび私は感服する。

私は月に一度の対談を楽しみにしている。なぜこうしたトンチンカンがあるのか、新卒の母親は四十代である。四十代はもう針と糸を持たない、芋の煮っころがしを作らない、娘と語彙《ごい》が同一である。今ごろ「ら抜き」言葉は望ましくないなんて言われてもけげんな顔するだけである。核家族は進行していると思いがちだが、核家族は完了したのである。

彼女たちの頭脳は戦前と全く同じである。ただ言葉を同じくしてない。一人は静岡の在《ざい》の生れで田植と稲刈をしたことがある。のち聖心女子大学へ入学して寮にはいった。寮には全国の才媛が集まっていること男子の旧制高等学校の如くである。

我こそはと思ったのに田舎の秀才程度ならゴロゴロいる。まず語彙がちがうのに驚きかつ恐れる。一年間かかってその語彙を自分のものにして同等に語りあえるようになる。知的虚栄心は必要なものだと今にして思う。

戦後の寮にはそれがない。田植をしたのは旧地主の孫娘だったからである。自分の家の食いぶちを作る土地だけ残してあとは全部農地解放といってただ同然で小作に売ることを命じられた。くやしいではないか。それで自分の家の食べ料だけは作っている、孫娘に手伝わせたから稲刈までを経験したのである。

なぜ寮でその話をしないのかというと、私も田植した、稲刈したと、何人かが名のって出れば話がはずむのに、言うものが一人もないと予想されるからである。予想されることを言うのは失礼である。

だから知識の、また経験の交換はないのである。歌舞伎好きがいても孤立して好きなら話すだけヤボだと話さないのである。だから社交は愚か会話は生じないのである。寮生は互に知っているだろうことだけ学生言葉で話すのみである。

それは小学校から始まって大学にいたったから、かいつまんで話す練習は幼にしてないから長じてできるはずはないのである。

向田邦子は「襞《ひだ》」という短編のなかで、明日の命も知れない昭和十九年でも、私たち女学生は箸がころんだと言っては笑ったと書いている。「戦前まっくら史観」をくつがえすつもりでいたが、できないことがこれで分った。エログロが来るべき大戦におびえてのものなら今のポルノもその前ぶれなのだろう。転向学生は「特高」に監視されてまっ暗だったのだろう。戦後全盛をきわめたまっ暗史観は「お尋ね者史観」だと私は思っている。

（『諸君！』98・8）

生涯一記者

稲田正義《まさよし》といっても今は知る人は少なかろう。毎日新聞編集委員、生涯一記者だった。大正十年新潟県栃尾《とちお》生れ、栃尾は栃尾紬《つむぎ》の産地で稲田の家はその紬を手びろく扱う旧家だった。

長兄が家をついで四男の秀才少年正義は東京遊学を奨められ、両国の親類の家から府立三中（今両国高校）、旧制一高、東大法学部に進んだ。柔道の選手で、かたわらテニスも大好きで、生涯ラケットを手放さなかった。たまたま安倍能成が一高校長のころで強く感化をうけ崇拝するに至った。そのせいか共産主義にはかぶれなかった。昭和十六年学徒動員で繰上げ卒業で兵役についた。

稲田と私は「年を歴た鰐の話」の縁でペンフレンドの仲だった。学徒兵上りの准尉で陸軍糧秣《りょうまつしょう》廠新潟支部にいた。私の母が新潟の近在七谷村字黒水《ななたにむらあざくろみず》という片田舎にいたのを私の疎開先に引取りに行く途次新潟に下車して会った。何しろ糧秣廠である。兵糧はいくらでもある。一流割烹で一席設けてくれた。燈火管制下で酒くみかわして款語《かんご》したが、その人がらには、当時すでに時代ばなれしていた「明治の書生」の面影があった。明治の書生は、衣《ころも》は骭《かん》に至り袖は腕《わん》に至るいわゆる辺幅《へんぷく》を飾らぬのをよしとする風があった。よく言えば直情径行、悪くいえば粗笨《そほん》である。昭和になってはもう死に絶えたはずなのに、はからずもその名残を見て、私は半《なか》ば困惑し半ば魅せられた。

敗戦直後彼は私の疎開先秋田県横手にはじめ酒、次いで味噌醬油、最後に塩を送ってくれた。寒さに向って漬物に塩は何よりである。粗笨どころか神経はこまかい。

二十一年稲田は復員して毎日新聞に入社して、その子会社夕刊東京日日に回されたのはいいが、私に原稿を書かせた。東京日日新聞は高田保の「ブラリひょうたん」を連載した一流紙である。新聞は各界名士の文章をのせ、無名子の文章はのせないのが鉄則である。稲田はいい原稿をのせないのは新聞の損失だと私の文の掲載はまだかまだかと催促した。

部長だか課長だかこの書生論には困ったろうと私は察するが、彼は察しない。次第に有難迷惑になってもうやめてくれと言いかけたころその原稿は出た。満身創痍《そうい》というか書き直されて出た。いまいましかったのだろう。

稲田は昭和五十一年に定年退職するまで終始経済畑を歩んで石坂泰三、小林中《あたる》、永野重雄、中山素平など財界のお歴々の知遇を得た。明治の書生の面影のある稲田は愛されたのである。

毎日の創業は朝日より古い。その創刊第一号から最近号までをマイクロフィルム化する計画で、すでに明治大正編までできている。三百万円で売出し中である。稲田は政財界の一流人と平談俗語のうち貴重な資料だから買えとすすめれば道理だから下役を呼んで買うべく命じる。卑屈になってはいけない、士族の商法のほうがいい場合がある。こうして二百だか三百揃いだか売ったという。

財界の旧人ばかりではない、池田内閣のブレーンでケインズ学者下村治《しもむらおさむ》には最も親しんだ。あろうことかあるまいことかこの下村治と私の対談を企画してさる割烹に席を設けた。こんな困ったことはない。

下村治という紳士はほとんど口をきかない、私はケインズのケの字も知らない。やむなく「私は時々女になる」などという作り話をしたが下村治は何と聞いたか、そりゃ面白かっただろう、彼の周囲にはそんな話をする茶人《ちゃじん》はいなかろうから。

私は稲田の経済部記者の手腕は知らない。編集委員で終った。退職後は直ちに「全日空」に迎えられ、三年いて次は日本通運に迎えられた。

活字の世界は泥水稼業である。ひとたび離れたら淋しいのだろう、これまで書いたものを「宝在心」（宝は心にあり）と題して自費出版した。その出版記念会には財界の長老をはじめ田中角栄まで来たのには驚いた。現役を去って五年になるのに二百人に近い客が集まるのはそれだけの徳があったのである。誰が退職した老記者のパーティに来てくれるか。稲田は後輩に請われて「白いブランコ」をうたった。渋い声で喝采を博した。

言い忘れたが稲田はしばしばバーに通った。ママがいい女だから見てくれと、いやだと言うのにひっぱっていく。果してどこを押してもいい女なんかじゃない。憮然《ぶぜん》としているのに彼は上機嫌である。バーの客のすべてが法人になった時代なのに、彼は最後まで個人として盆暮に払った。バーも承知で割安ではあろうけれど、それでも半年分だと莫大である。栃尾の長兄が尻ぬぐいをしてくれるとあるとき白状した。

以来稲田は随筆をしばしば書いて持参した。新聞記者は原稿を書くのが商売だから書けると我も思い人も思うが、実は書けない人が多いのである。新聞記者には「私」がない。今暁五時三七分日暮里に大火があった。幸い人死はなかったというが如き文章には「私」がいない。故に署名がない。随筆であれ小説であれ、たとい私と書いてなくても背後にそれはいる。だから晴耕雨読、書くことなんぞ試みなければいいが、試みると愕然とする。

幸い稲田は愕然としないほうでこの危機は経験しないですんだが、それでも新聞記者の文章である。新聞記者というものは原則として再読しない。故に再読に耐えない。

頼みもしない原稿を持参して読んでくれたか、どうかと問うので前半を削ればよくなると削ってのせたら担当者に激怒した。これは私が悪かった。ところがそれが文藝春秋のベストエッセイ集に選ばれて再録された。そんなことが二度あった。そのつど大喜びして五十冊も買いこんで辱知に送って満悦していた。

活字の世界というものは一度はいったら出られないもので、私は稲田を通して並の記者の一生を書くつもりで私的な交際を記すにとどまった。去年（平成九年）十一月その稲田が死んだ。享年七十六。前日まで全くふだんの通りで、あくる朝つめたくなっていたという。心臓麻痺だった、羨望にたえない。私は稲田に心にもなく少しくつめたかったようなのが、今となっては悔まれる。こうして五十なん年来の友の一人を私は失ったのである。

（『諸君！』98・9）

II

「社交界」たいがい

西洋の社交界というものを、かねて私は知りたいと思っていた。それは西洋人の会話やスピーチには、機知と諧謔があふれていて、日本人にはそれが全くないと聞いて私は育ったからである。そんなことはあるまいと子供心に私は思っていた。社交界のサロンはもうない。衰えてやがてパーティになった。そのパーティはサロンの名残をとどめて、会話には何よりユーモアがあるという。

サロンが最も栄えたのはルイ十四世治下、十七世紀のころだという。セヴィニエ侯爵夫人、レカミエ夫人、カイヤベ夫人のサロンの名は今もとどろいている。フランスのサロンが栄えたのはイギリスのように男だけのクラブが発達しなかったせいだ。

一流のサロンの女王は才色兼備で、崇拝者に取巻かれている。彼女の情人になれなかった男たちは、二の次三の次を物色したり、出世の糸口をつかもうと策を弄して成功したり、しなかったりした。

私はしばらく芝居のなかに、また物語のなかに描かれたサロンを手がかりにその風俗と会話をさかのぼってみたい。まずモリエール（一六二二―七三）の芝居から。

モリエールはルイ十四世の庇護を受けた俳優であり脚本家である。その代表作にはサロンが描かれている。「ミザントロープ」すなわち「人間嫌い」である。

主人公はアルセストという正直一途《いちず》の人間嫌いである。フィラントはアルセストが心を許した唯一の友である。アルセストはセリメーヌといううら若い未亡人に惚れている。彼女に惚れている貴族はたくさんいる。彼女は文学、美術、音楽、どんな話でもできないものはない才媛である。

けれどもここにある才は真の才ではない。広く浅く応対ができるというほどの「才女気取」で、これを取巻く男どもの才子ぶりもまた甲乙ないから丁度似合で、美人ならこれで通るのである。

アルセストは開幕早々立腹している。親友フィラントの社交の軽薄ぶりをまのあたり見て怒っている。君はろくに知りもしない男に甘言という甘言を浴びせたのみか、骨身《ほねみ》をくだいてお為《ため》をはかるとか、ご用を勤めますとか、堅く堅くお約束するとかよくも言えるな。しかもまるで狂気のように接吻、抱擁をくり返して、さてその男が去ると誰だかロクに名も知らない。

フィラント　笑って、君そんなに怒り玉うな、相手がお辞儀したらこっちも返すのが礼儀だよ、向うが「何がなご用を」と言ったら、こっちは「むしろ当方から」と言うのが交際《つきあい》だよ。

アルセスト　そんなやり方はいわゆる社交界の連中が十中八九まで得意がるやり方で到底がまんできない。尊敬というものは何らかの選択に基づくものだ。誰でも構わず尊敬するのは、なんの尊敬も払わないことだ。君もそういう現代の悪風に染まっている以上、到底ぼくと一緒に生きていける人間じゃないんだ。

アルセストはたった一人の友が友でないことを知ってなげく。フィラントは社交界の一員である以上外面の礼儀は守らなければならないと言うが、アルセストはきかない。

フィラント　なんだって？　すると君はあのエミリイ婆さんにその年をして白粉を塗りたくっているのにゃ、みんなが胸を悪くしてるって言うのかい。君はまたあのドリラに全くうるさい男だ、宮中《きゆうちゆう》じゃみんながその手柄話や血統自慢に閉口しているって言えと言うのかい。

アルセスト　もちろんだ。どこへ行っても卑しい阿諛追従《あゆついしょう》ばかりだ、奸計ばかりだ、ぼくは今日から全人類に向ってまともに反抗してかかる覚悟だ。
フィラント　よくよく人間が憎らしいんだな。
アルセスト　そうだ憎くて憎くてたまらないんだ。

次の場面ではセリメーヌに惚れているオロントが登場してセリメーヌに捧げる十四行詩を作ったから聞いて率直な批評をしてくれと頼む、アルセスト断る、ぜひにと押して言う。やむなく承知する、オロント詩を朗読しだす、フィラント結びが実に素的だ、敬服の至りだとほめる。オロント喜んで、黙っているアルセストに約束通り忌憚のない批評をと請う。アルセスト遠まわしに言っているうち次第に激して、滔々《とうとう》と本当のことを言いだす。正直に申してそれは机の中に蔵《しま》いこんでお置きになるべきものです。そのほかここでは書ききれない辛辣な言葉を繰りだす。オロント怒って席を蹴って去る。これがあとで禍根《かこん》になる。

当時の大小無数のサロンでは詩が朗読されていたことがこれで分る。それはたいてい聞くにたえない詩というより「行かえ散文」で、それにもかかわらず朗読され賞讃されていたのだなと分る。

ルイ十四世治下の見物は、正直一途なこのアルセストを笑ったのである。互にうそのつきっこをしている方に味方して、正直の方を笑ったのである。百年近くたってからいや待てモリエールは正直アルセストの味方じゃなかったかと気がついたのである。勝負はまだきまったわけではない。いまだにアルセストを笑う喜劇だと思っている派は多いのである。そして劇は今も上演され見物は笑っているのである。

モリエールのこの芝居は喜劇中の喜劇で、モリエールは私たちにどっちの味方か分らない永遠の宿題を残した。社交界のことをモンドという。パリのモンドは一流だが、帝政ロシアや北欧のモンドは二流である。ほかにドミ・モンド（淪落《りんらく》の女のモンド）がある。デヴィ夫人は満座のなかで醜業婦呼ばわりされ、お前の来る席ではないぞと言われたから殴ったという。社交界はまだ健在なのか、そこまでさかのぼってみたい。

ルイ十四世治下には一流から末流まで何百というサロンがあったという。モリエールの描いたサロンはむろん一流で、セリメーヌの求婚者には侯爵が二人いる。貴族がメンバーでないサロンは一流ではない。セリメーヌははたちそこその未亡人であるが、アルセストばかりかこの侯爵二人を手玉にとっている。

社交界に出るには資格がいる。貴族政客富豪、またその子女《しじょ》にきまっているからメンバーやヴィジターの資格を疑うには及ばない。

紹介されたら大げさに喜んでみせる。お目にかかりたいと思っていた、おおクリタンドル侯爵、よく存じあげています、そのご親戚。何たる奇縁とひしと抱きあってあのきまり文句を言いあう。

だからアルセストみたいな直言は禁物《きんもつ》なのである。それが許されるのはこの世界へはいってはならぬ者がまぎれこんだ時で、そのときは全員結束して異分子を排除しようとする。いやみ皮肉あてこすりのありたけを言う。

「醜いあひるの子」の作者ハンス・クリスチャン・アンデルセン（一八〇五―七五）はそんな目にあっている。アンデルセンはデンマークはオーデンセという田舎町の靴なおしの子である。靴屋ではない、靴なおしである。ろくに小学校も出てない。ただ町内きっての歌い手だとの評判で、将来は歌い手になろうと夢みている。十一のとき父が死んだ。十五のとき母に懇願してコペンハーゲンに行かせてもらった。

名高い女優を尋ねて物貰いか狂人と間違えられた。アンデルセンは全くの孤独で一文なしである。万策《ばんさく》尽きて王立音楽学校の校長の邸を尋ねた。丁度大きな午餐会の最中で、客は各界名士でなかには名高い詩人や作曲家がいた。

何という幸運だろう、ドアは開かれて別室で彼は歌わされたとアンデルセンはその自伝に書いている（大畑末吉訳大意）。音楽家は彼の声をきたえてやると言った。勉強次第で歌い手になれるだろう、ドイツ語を習えとその世話までしてくれたが、丁度声変りする時期で、彼の声はつぶれてしまった。歌い手になる望みは絶え、オーデンセに帰って手に職をつけるよりほかないと言われた。

帰れと言われても今さら帰れはしない、それから職を転々としたが、詩をつくることだけはやめなかった。彼には不安と幸運がかわり番こに来る。エールスデッド家の午餐会でデンマークきっての詩人ハイベルと話す機会に恵まれた。後日彼は詩人をその家に尋ねて自作の詩を朗読したら、彼はそれを彼の雑誌に載せてくれた。ただし「h」という匿名で。

その雑誌が出た晩、彼はすでに馴染のさる上流の邸にいた。その家の主人は「今度の雑誌にすばらしい詩が載っている。ハイベルの作にちがいない」と言って朗々と読みだした。アンデルセンに内緒で打明けられていた少女が嬉しさのあまり「それはアンデルセンさんのよ」と叫んだら並いる客たちは黙って、座は白けた。

アンデルセンは二十四になって、ようやく大学生になったが、晩学のせいかドイツ語はまだしもフランス語はろくに出来なかった。かくのごとき初歩的な誤りに満ちた原稿は読みたくないと、彼は原稿を突っ返されたことがある。

彼の出世作「徒歩旅行者」を誤りを見つけるために読む人があった。彼が何度「美しき」という言葉を隣接して用いたか一々記録したものさえあった。彼が同席したあるパーティの席上、彼の詩の文法の誤りを一々槍玉にあげるものもいた。一座のなかの七つ位の少女が（そして）という字を指さして「ここにまだ叱られてない字があってよ」と言ったのでさすがに男は恥じて顔をあからめて少女に接吻した。

アンデルセンは気を腐らして遊学資金の下賜を申請して幸い認められた。彼はどうかデンマークから遠く離れた土地で死なせて下さいと祈った。カッセル、ラインを経てパリに着いた。パリ滞在中ひと月たっても彼はデンマークから一通の手紙も受取らなかった。故郷の友は嬉しい便りを出したくても、出せないのではないかと思うと彼は打ちひしがれた。

ついにそれが来た。ずっしりと重い手紙である。取る手おそしと封を切るとコペンハーゲンの新聞で、そこには彼を誹謗《ひぼう》した記事が載っていた。恐らく匿名の筆者が切手も貼らず出したのだろう。あとで友人と名のって握手を求めた人の一人にちがいない。

デンマーク人は外国の大都会に滞在しているとき、自分たちだけひとかたまりになるのが常である。一緒に食事をし一緒に芝居に行き一緒に名所を見物する。手紙が来ると互に見せあって故郷のうわさ話に花を咲かせる。しまいには外国にいるのかデンマークにいるのか分らなくなるくらいだとアンデルセンが書いているのを見ると、デンマーク人も日本人も同じだな、アメリカ人も同じだな、四海同胞だなと思わずにはいられない。それからさきは次第に面白くなくなる。アンデルセンは功成り名とげて、どこへ行っても歓迎される。「影をなくした男」の作者シャミッソーとも「牡猫《おすねこ》ムルの人生観」の作者ホフマンとも友になる。ことにハイネと親しくなったと書くと、かげで名士を友だち扱いにすると悪く言われる。彼はたくさんの邸に招かれて丁重にあつかわれるようになる。けれどもあれは全く無名時代の彼に残酷だった人と同じ人である。どこの国の社交界もパリのそれと酷似している。つくづくアンデルセンは醜いあひるの子の作者だなと嘆ぜずにはいられない。

筆者が少年のころ生涯癒《い》えない影響をうけた本にアンデルセンの「醜いあひるの子」がある、スイフト（一六六七―一七四五）の「ガリバー旅行記」のなかの馬の国がある。トルストイ（一八二八―一九一〇）の「クロイツェル・ソナタ」がある。「醜いあひるの子」についてはすでにふれた。

「ガリバー旅行記」はわが国では故意か偶然かお伽噺《とぎばなし》あつかいされているがむろん誤りである。一点の感傷もまじえない辛辣骨を刺す人間厭悪《えんお》の文学で、漱石がその「文学評論」のなかで同情あふれる筆で論じている、文学評論中の圧巻である。

ガリバーが旅した国々のうちの一つに「馬の国」がある。馬の国ではフィヌムと呼ばれる馬が万物《ばんぶつ》の霊長で、別に人間そっくりの格好をしたヤフーという動物がいる。ヤフーのめすはヤフーのおすを誘惑するだけが仕事で、めすは意味ありげにおすの回りを徘《はい》徊《かい》してその顔色をぬすみ見る。見込があると見てとったおすが追いかけると逃げるふりをする。ふりをしすぎておすがあきらめると、再び見込ありげな流眄《ながしめ》をくれて又々おすに追跡させる。

こんどはおすもほかのめすに気をとられてわき道にそれると、めすは手練手管《てれんてくだ》のかぎりをつくす。その一擒一縦《いっきんいっしょう》するありさまをスイフトは活写している。

トルストイは「クロイツェル・ソナタ」のなかに、娘たちが社交界にデビューする日のことを書いている。娘たちはまだ何も知らないことになっている。年ごろになって何も知らないものがあろうか。

世故《せこ》にたけた母親は、この席で娘よお前は未来のお婿《むこ》さんをつかまえるのだよ、家がらがよくて金持で広大な領地を持っているお婿さんをつかまえるんだよ、風采は二の次、何より名門……

男たちはまだ三十にならない。道楽はしつくした、そろそろ身をかためろと言われている。自分もその気でめかしたてて、礼服を一着に及び客間なり舞踏会に乗りこんで娘たちを物色《ぶっしょく》する。

母親は娘を紹介する、話題は音楽であり絵画であり詩歌《しいか》である。娘たちは群がって青年たちを待っている。我にもあらず媚びる。「ねえ、あたしを選んで。いいえあたしよ。その子じゃないったら。見て、あたしの胸、腰」。母親はのりだして「さあ、わたしのリーザをお選びになって。せめて話すだけでも」。

男たちはその手にはのらぬと用心して、一枚ずつ着ているものをはいで、しまいにはまる裸にして遅かれ早かれそのワナにはまるのである。せめて話すだけでもって何を話すのだろう。

つい本音を吐いたのだろうか。あとはお定まりの恋のかけひきがあるだけである。「人間嫌い」の女主人公セリメーヌはハタチそこそこでありながら、さながらめすのヤフーである。十六の娘も男が恋したと見てとれば、巧みにそのまねをする。

「クロイツェル・ソナタ」の主人公は帝政ロシアの青年貴族で地主で大学出の学士で、娘たちのあこがれのまとだった。独身時代の放蕩は卒業して、結婚後は清らかな家庭を築きたいと願っていた。そしてついに妻にするにふさわしい（と思われる）、昔は裕福だったけれど今は零落したある地主の二人娘の妹のほうを選んで、めでたく結婚して何人かの子をなして以来浮気したこともないのに、その妻がパリ帰りの音楽家と深い仲になるのを見るのである。

この音楽家は男には軽薄きわまるちょこ才子《ざいし》に見えるのに妻の目にはその反対に見えるのは、二人が交わす目つきで分る。音楽には官能的な妖しい力があって男女の仲をとりもつ。男はバイオリンの上手で妻のピアノと合奏する。それがクロイツェル・ソナタで、その曲の力で二人はただならない仲になって、ついに主人公は苦しんだあげく妻を殺すが、妻の不貞が原因だと分って放免される。

主人公はこの音楽家の兄と知りあいで、以前この兄に「女を買ったことがあるか」と聞いて、ないと言われている。「良家《りょうか》の夫人がいつだって自分たちを待っているのに、なぜあんな不潔な、それに病気をうつされる恐れのある女を買うのか」とかえって怪しまれる。

これに似た場面なら同じトルストイの「復活」のなかにある。夫人にとって必要だったのは彼に何事かを話すことではなく、その夕化粧をして匂うばかりの肩とぽちりと咲いている黒子《ほくろ》とをあらわにした艶美な姿を見せることだけだったのだ。こうネフリュードフは見てとって懐かしいような、また胸くそが悪いような気持を同時におぼえた。（略）ネフリュードフはその美しさをあかず嘆賞した。けれども彼は、彼女が幾百千の人々の血涙と生命とによって出世の道を開拓しつつある良人と一緒に生きている嘘つきであることを知っていた。（略）彼女が昨日言った凡《すべ》てが嘘っぱちだということ、彼女が心から欲しているのは、彼を駆りたててしゃにむに自分に恋させるようにしむけることだけだということを知っていた。そのために魅せられる気持といとわしい気持とを同時におぼえた。

西洋の社交は夫婦が単位だから、美しい夫人はちやほやされる。女は男友だちを大ぜい持って、その一人も手ばなすまいとする。とても見込がないと知って男がただの友に甘んじようとすると、女は不服でここにいるのは尋常の友ではない。肉体をもった「女」だということを知らせたくて媚態を示す。男が驚いてまだ見込があったかと目の色をかえればそれで足りるのである。女は再び男を冷たくあしらう。その委曲をアベル・ボナール（一八八三―一九六八）は簡潔きわまる筆で書いている。画家のボナールではないモラリスト（人間見物人）のボナールである。私はこの人から強い影響をうけた。

西欧の文士はゾラやモーパッサン、アンデルセンまでみな詩人として出発している。

わが国でも藤村、独歩、泡鳴など明治の文士の悉くははじめ詩人だった。それが散文に転じたのは、新体詩が口語自由詩に移った時期からである。

口語自由詩は朗読にたえない。詩は声をだして読むために韻をふむ。韻をふみさえすれば人前で読んでいいかというと、そうではない。聞き手がしばしば迷惑して怒り狂うものがあること、かの正直アルセストにためしがある。十七世紀ルイ大王治下がサロンが最も栄えた時代である。けれどもモリエールやラシーヌの身分は低かった。お抱《かか》えの音楽家同然だった。

当時のサロンの主宰者はすべて婦人である。たいてい美人だったから客は集まった。サロンで重んじられたのは何より貴族である、富豪である。別に政治的サロンがあった。フランス革命とナポレオン戦争でサロンは凋落したが十九世紀になって再びもり返した。その最も盛んだったのは公妃マチルドのサロンで、マチルドはナポレオン一世の末弟の一人娘で見事な金髪と美貌の持主だった。

客はゴンクール兄弟をはじめフローベール、ゴーチエ、サント・ブーヴ、メリメ、ルナン、テーヌなど一流人士ばかりだった。文士の地位はようやく向上したのである。ことにマチルド公妃のサロンは本物のサロンの名残をとどめる十九世紀の文学サロンで、これを限りに以後本物はなくなるのである。

彼女は生れながらの公妃だから少々わがままだが、当代屈指の学者文人と争って譲らないことがあっても、己の非をさとると詫びるという率直な性質ゆえ誰からも敬愛された。ことにフローベールはひそかに恋していたのではないかと河盛好蔵の「フランス文壇史」はいう。

日本人にフランス文壇史が書けるかとはじめ河盛は自ら疑ったが、幸い十九世紀は資料が山ほどある。これらを駆使《くし》して書いたという。マチルド公妃のサロンのほかにアンスロ夫人、大出版社シャルパンチエのそれなどがあるが、それよりフローベールのサロン、ゾラのサロン、マラルメのサロンについて河盛は調べて詳細を極めている。本物のサロンはマチルド以後分裂して、客は各人の家に集まるようになったのである。

フローベールは日曜ごとに客を迎えた。ツルゲーネフが来た、ゾラ、モーパッサン、またテーヌやルナンが来た。フローベールは亡くなった親友の妹の子であるモーパッサンを愛した。ゾラはフローベールが死ぬ二年前（一八七八年）パリ近郊メダンに小さな別荘を買ってそこで客を迎えた。本の印税で買えるようになったのである。ゾラはメダンの家に集まる若者たちを世に出すため「メダン夜話」と題する単行本を出すことを思いたった。一人一編ずつ五人が書くのである。モーパッサンの出世作「脂肪の塊《かたまり》」はこの集に出たのである。

フローベールはこれを傑作だ、かけ値なしに大家の作品だ、着想は独創的だし文体がすばらしい、この作は後世に残るだろうとモーパッサン宛の手紙に書いてその三カ月あと突然の死を死ぬのである。モーパッサンの喜びは、また悲しみはいかばかりだったろう。

モーパッサンが日の出の勢いで書きだしたのはこの年から僅か十年間である。一年間に短編六十五編、長編「女の一生」、紀行「太陽の下にて」を発表して、流行作家になると同時にがらりと態度が変って、版元のシャルパンチエに再三印税の値上げを迫った。金がはいるにまかせて高級住宅地へ移る、どしどし家具や美術品を買いこむが、「ノルマンディの牛」とあだなされた田舎者で趣味の悪いことはゾラに似ていた。彼はその名声のおかげで恋愛三昧《ざんまい》の社交界に出没して旧知との交際を絶った。わずかにドーデだけに親しんだ。

彼はバラ色のパンツを三ダース、エナメルの靴を二ダース、あらゆる色合の服を注文した。ござんなれとばかり社交界は彼をなぶり者にした。美人の一人にあいびきの約束をさせ、勇んでかけつけるその部屋の隅々に紳士や婦人はかくれていて一どきにどっと笑ったりした。

彼は一種の試煉だとその愚弄によく耐え、娼婦や女中たちと寝室を共にした話をして彼女たちに対抗したが、敵もさるもの彼をさらなる笑いものにした。これらの応酬を彼は「死の如く強し」や「男ごころ」に書いた。

私は少年のころモーパッサンの「水の上」を一読してほとんどショックを受けた。――そしてモーパッサンはどこの別荘にも、どこのホテルにも人々が集まっているのだなど思った。彼らは昨晩もそうであった、明晩もまたそうであろう。集まって話をしているのであろう。何を？　貴族のことを！　天気のことを！　それから？　天気のことを、貴族のことを――それから？　屁《へ》でもないことを。

私はこの「脂肪の塊」の著者がバカにされるのに耐えて、自分が軽蔑している社交界の一員になりたがる姿を痛ましく見たのである。

モーパッサンは以前、文学者の名誉を傷つけるものとして、勲章を貰うこと、「両世界評論」に寄稿すること、アカデミイ・フランセーズに立候補することの三つをあげた。幸か不幸か彼は立候補する前に発狂して死んだが、彼の師に当るゾラは立候補した。世間では「背徳の文士」として見ているゾラを、アカデミイが喜んで迎えるかどうか、百年を隔てたいま私は危ぶむのにゾラは危ぶまないのである。一度ならず二度三度も立候補するのである。

社交の粋《すい》は宮廷にある、宮廷には西洋では王が、わが国では天子が鎮座《ちんざ》して、群臣はその寵《ちょう》を争った。君側《くんそく》には必ず奸《かん》がいて、奸がいれば忠臣義士がいて、美人毒婦も当然いた。それらが表では何食わぬ顔で抱擁しあって均衡を保っているうちは無事だが、均衡が破れるとその王朝は滅びた。滅びることを繰返して西洋ではとうとう王様のいる国は稀になった。

一流の社交界がなくなれば、二流の社交界が一流のまねをするよりほかない。それには何より貴族に出席してもらわなければならない。王朝が滅びて以来貴族はそれにつながる名門である。

リゾート地として名高い南仏のカンヌではいつも貴族のうわさでもちきりである。ここを散歩すれば貴族のだれかにお目にかかれる。シーズン中せめて一度本物の貴族をわが家の食卓に招きたいとブルジョワたちは奔走する。

ほかにサロンは芸術家を招く。見せびらかすために招く。芸術家のなかでいちばん騒がれるのは音楽家で、これは夜会に欠かせないということもあって、上流婦人たちは秘術をつくして招く。

画家は二の次、文士も認められるようになった。将軍などは一流の社交界ではバカにされている。代議士よりましという程度だが、二流のサロンでは歓迎されるから、人は喜んで迎えられるところへ喜んで行く。カンヌはパリの縮図である。

以下はモーパッサンが「水の上」に書いたカンヌのくだりの大意である。このときモーパッサンはすでに大家であり、すでに病んでいる。少年の私が最も打たれたのはこの「憂鬱な牡牛」が人間をいかなる目で見ていたか——である。私はそれに深く同感した。

——人間は何という醜い存在だろう！　人間はいまわしいものだ！　死人でも笑わせる奇怪な姿の陳列が見たければ、まず最初に来た通りすがりの十人をとらえて一列にしてその不揃いの背丈や、ひょろ長いまたずんぐり短い脚や、太っちょなまたやせこけた胴体や赤ら顔や、それらの写真をとればそれで十分である。

何が面白くないといって、共同食卓の会話ぐらいいまいましいものはない。我々人間が他の動物にくらべて少しまさっている動物であると信じこむためには、どれだけ愚かな誇りで目がくらまされ酔わされていなければならないことだろう！　まあ彼らが食卓で話しているのを聞いてみたまえ。彼らは話しあっている。彼らはそれを思想の交換と呼んでいる。どんな思想を？　彼らはどこかを散歩したとか言っている。道はいかにもきれいでした、けれども帰りは少し寒うございました。それから彼らは自分のしたことだの、好きなことだの、信じていることだのの話をする。（略）しかし彼らの思想は彼らの最も高尚な最も尊厳な最も尊重される思想は、愚かさの――永久的な普遍的な破壊しがたい、無限の愚かさの否定しがたい証拠ではないか。

これはホテルの食卓の会話を言っているのだが、「脂肪の塊」の作者がこれとサロンの会話が全く同じものだと気がついていないはずがない。ここではモーパッサンはあの「人間嫌い」の正直アルセストのように怒り狂っている、絶望している、フィラントのように「まあまあ」となだめてくれる友はない。

音楽家がちやほやされるのは音楽を奏でるからである。そして音楽はトルストイによれば官能的な妖しい力で男女の仲をつなぐ。画家や文士はただ有名人として招かれる。招く力があることを誇示するためである。だから若く無名なアンデルセンはみじめな思いをしたのである。

それにもかかわらずモーパッサンはこの無限に愚かな社交界にはいりたがったのである。その矛盾を笑うことはやさしい。モーパッサンほどの観察家がそれを知らないはずはない。

ゾラもまたそうである。「背徳の文士」といわれた男がアカデミイ・フランセーズの会員になれるはずがない。アカデミイ・フランセーズは会員四十人、一人死ぬと残った会員が選んで補充する。有志は立候補する。何人も立候補すると激戦になる。候補者は三十九人の会員を歴訪してご機嫌うかがいをする。ゾラは立候補すれば当選疑いない、と会員の一人に支持者の名を何人もあげてすすめられたから立候補したのである。

モーパッサンは若いころ文士たるものアカデミイに立候補してはならぬと書いた。芥川龍之介は軍人は小児に似て鎧カブトや勲章が大好きだ、なぜ軍人は酒にも酔わずに勲章なんかぶら下げて歩けるのだろうと笑ったが、芥川の時代は芸術院をはじめそもそも文士が貰える「賞」なんか一つもなかった。なければそして年が若く人間の最後の欲が「名誉欲」だと知らないうちは何とでも言える。立候補したゾラには一票しかはいらなかった年があった。会員は老齢だから毎年のように死ぬ。性こりもなくゾラは立候補して、ついに当選しないまま死んだ。

いまだにフランスはカトリックの国である。ゾラはドレフュス事件に際して「余は弾《だん》劾《がい》す」を書いて、軍と政府とカトリックを敵に回した人である。当選するはずがないのに有力だとおだてて、落選するのを見てひそかに喜ぶ老人がアカデミイの会員中にはいたのである。今もいるのである。

彼らとホテルの客とどこがちがうのだろう。モーパッサンは一方で社交界に出てバカにされつつ一方で「水の上」を書いていたのである。まことに人間というものはいやなものだなあと弱年の私は首うなだれ同感にたえなかったのである。

明治十九年十月、坪内逍遥は本郷根津の遊郭大八幡楼の花魁《おいらん》花紫と結婚した。逍遥数え二十八花紫二十二。三年越しの深い仲だったというが、いくら明治でも花魁を妻にするものはもう稀になっていた。しかも逍遥は前途ある帝国大学出身の学士である。だから媒酌人を立てて正式に結婚したのである。当然周囲は許さなかった。醜聞である。世間にそれを忘れさせるにはながい歳月と努力が要った。その甲斐あって二人はめでたく添いとげた。

社交界をモンドという。たとえ末流だろうと堅気の社交界なら後ろ指さされることはない。これに似て非なる社交界をドミ・モンド（半社交界）という。その主人公はクールティザンヌ（高級娼婦）だということはすでに述べた。それを取巻く男たちもまた高級である。貴族富豪とその息子たちである。ここには紳士だけがいて淑女はいない、淑女のかわりに極上の娼婦がいる。極上だからそれを自分のものにするには大金がかかる。淑女は手練手管の限りをつくして男から金品をまきあげる。

大デュマの子息《しそく》小デュマは「椿姫」のなかにこのドミ・モンドを巨細《こさい》にえがいた。トルストイは「女を買ったことがあるか」と若者に問うて「ない」と答えさせている。良家《りょうか》の夫人がいつでも若者の恋の相手をしてくれるというのに、なぜあんな不潔な女を買うのかとかえって怪しまれているが、今も昔も買う男は山ほどいるのである。安いのを買う男もいるが、高いのを買う男もいるのである。

椿姫ことマルグリット・ゴーチェは処女のまま間違って娼婦になったような娘だと、その恋人アルマン・デュヴァールは見た。マルグリット二十歳アルマン二十四歳である。小デュマはマルグリットの美貌をこまごま書いているが、ここでは道行く人が必ず振返る、オペラの桟敷に坐るとあたりの視線がいっせいに集まるほどだと思ってくれればいい。

ただし肺病である。プリュダンスという四十余りのもと商売女を新造《しんぞ》がわりに使っている。いま世話になっている老公爵に使いに出して「公爵に会えて?」「むろん」「くだすって?」「六千フラン」「いやな顔なすって?」「いいえ」。

マルグリットはうち五百フランをプリュダンスに与えている。二人の間は持ちつ持たれつ昔太夫と呼ばれた花魁と遣手《やりて》の仲に似ている。

マルグリットはアルマンと恋におちる。アルマンが本気で彼女の死病を案じてくれたからである。それは彼女の手の甲に接吻した時思わず落した涙で知れた。マルグリットはプリュダンスをはじめ多くの女友だちが友でないことを知っている。その晩は朝方まで乱ちき騒ぎをした。アルマンは口にするもけがらわしい言葉のやりとりを聞いた、いやしい稼業の女たちは客とこんなみだらな歌をうたうのか。

そのころマルグリットの金づるは七十余りの老公爵、G男爵、L若子爵、特に熱心で大嫌いなN伯爵などである。そのあいまに若い男をつまみ食いする。

マルグリットは二頭だての馬車を持っている。満身これ宝石である。みんな別々の男からの贈物である。アルマンも貧しくはないが、一年十万フラン——とてもマルグリットにこれだけの贅沢をさせられるほどの金持ではない。

アルマンは恋する男の常として甚しいやきもち焼きになる。疑いがとけて仲直りしてまた疑う。かくてはならじと二人はパリ郊外の園で暮すようになること四、五カ月、マルグリットははじめて尋常な女に返ったが、その夢のような生活はやはり夢だった。

アルマンの父親が訪ねてきたのである。別れてくれともっともな頼みである。息子の前途も考えてくれ、妹の結婚も破談になる、一家の名誉はどろにまみれると諄々と説かれ、マルグリットは心ならずもアルマンに愛想づかしの置手紙を書いてパリに去る。またもとの生活にもどったのである。

私は次のような唄のきれぎれを思いださずにはいられない——サンブラジァスやゼッカではみんなよかった本当に　返りたいとは思わぬか　野辺ではかわいい野の花を　つんでふたりは暮したね　あそこで死ぬまで暮そうね。

やはり売女《ばいた》かとアルマンははじめ怒り、放心し、やがて復讐《ふくしゅう》をちかって秘術をつくす。マルグリットの新しい女友だちオランプに接近して寝室を共にする。オランプ主催の舞踏会に出る。マルグリットは大嫌いなN伯爵に抱かれて踊っている。伯爵はこの女は自分のものだと誇示して得意である。読者は娼婦主催の舞踏会を見るのである。オランプを抱《かか》えたアルマンを見てマルグリットは顔色をかえる。あの愛想づかしはアルマンの父に頼まれたからだとは言えない。肺のやまいが嵩じて死ぬまぎわの遺書で言う。アルマンは旅に出ている。急いで帰ったが死に目にはあえなかった。

「椿姫」の第一章（発端）はマルグリットが死んで、借金のかたにとられた家財道具が競売にされる場面から始まる。これが名高い娼婦の部屋だ、ベッドだ、鏡台だ、宝石だとめったに見られぬものを見たさに、本物の貴婦人が見にくるところから始まる。この貴婦人と娼婦のどこがちがうのか。亭主の目を盗んで浮気すること、結局は権力と財力になびくこと同じなのに、ドミ・モンドの女とは席を同じくしない、けがらわしいと貴婦人が思うばかりか世間が思うのはなぜだろう。

むかし徳田秋声は芸娼妓と令嬢夫人を区別しなかった。坪内逍遥は根津遊郭の娼妓を妻に迎えた。


「われらみな人間家族」という写真展があって、センセーションをおこしたことがある。もう四十年近い昔のことで、カメラマンはこの写真群を持って世界中回って、はるばる日本まで来たのである。

テーマは黒人だった。なかでも黒人の夫婦に赤子が生れたときの写真が好評だった。そのまっ黒けの夫婦の顔が喜びで輝くのを示して、黒人もまた人の子だと見るものを感動させたのである。

言うまでもなくカメラマンも見物人も西洋人で、それまで黒人に親子夫婦の愛情なんかないと思っていたのに、ほらここにあること自分たちと同じだ、我らみな人間家族だと感動させたのである。けれども見物人は、会場を出れば黒人と同じバスに乗らない、乗っても黒人を立たせるというはなはだしい差別をして平気だった。

してみれば人間が感動するのは一分間だけなのである。それなら感動なんて言いなさんな。それに一分間だけなのは白人だけではない。東京の見物もまたそうで、白人と同じ感動を感動したのだから、自分は白人のつもりなのである。私は心中複雑な思いにたえなかった。

少年のとき私はわが日本人を、ことに日本のインテリをにせ毛唐だと言ったことがある。西洋人は日本人を仲間だと思っていないのに、ひとり日本人は仲間だと思っている。それはいつからだろうかとさかのぼると古いことではない。江戸の昔は紅毛碧眼を恐れてあれは禽獣《きんじゅう》ではないかと思った。禽獣に近い西洋人に親子夫婦の愛情があろうかと疑った。幕末のころは攘夷といった。出来もしないのに夷狄《いてき》を追い払えといって幕府を窮地におとしいれた。幕府は政局の担当者だから攘夷なんかできないことは承知している。だから開国の約束をするに当って何回か欧米に使いを出した。幕府は倒れるまでの七、八年間に毎年のように使節団を派遣している。

第一回は万延元年（一八六〇）新見《しんみ》豊前守一行である。これはアメリカに使いした。新見は正使、村垣淡路守は副使であるが、この村垣がこまごま記録を残したから村垣のほうが有名である。この時勝海舟は咸臨《かんりん》丸という別の船でこの新見の船を護衛すると称してついて行っている。第二回は竹内下野守の一行で、こんどはヨーロッパに使いしている。とんで第六回は慶応三年徳川最後の将軍慶喜の弟徳川昭武《あきたけ》（数え十四歳）をパリに行かせている。

いずれも正式の外交使節だから先方もそれ相応の礼をもって迎えている。というより朝野《ちょうや》をあげての大騒ぎである。わずか百三十余年前なのに先方は日本人を見るのは初めてである。使者は全員頭にちょんまげを頂いて帯刀している。したがって髪結《かみゆい》をつれている。槍持、供ぞろいまで従えている。正使副使は烏帽子《えぼし》ひたたれ第一級の正装に威儀を正している。しかるに大統領は黒ラシャの筒袖《つつそで》、股引《ももひき》、太刀《たち》も佩《は》かずさながら商人の如し、貴婦人は正式の社交の席だというのに、もろ肌ぬいであらわれたのではじめは驚いたが、これも夷狄の蛮風だろう、礼もなく儀もなくただ「親《しん》」あるのみ、風俗の相違だと許している。

正使副使また主だった随員は常に社交界に出ている。男女相擁してこま鼠のごとく回るダンスを見ても泰然としている。酒盃を傾けて隣席の婦人の問うに耳かたむけている。一人オランダ語からはいって英語仏語に堪能《たんのう》な通辞がいる。福沢諭吉もいるが、これは身分が低いからたいていの席には出られない。

貴婦人問うて曰く貴国と我が国とはいずれが勝れると思うや。さすが女の問いぶりとおかし、貴国のほう色白くしてよしと答えければ喜びたり、愚直の性質なるべしと書いている。

えみしらも仰ぎてぞ見よ　東《あずま》なるわが日の本の国の光を

正使も副使も凡《およ》そ書き手のすべては、巧拙は問わず皆々歌を詠《よ》んでいる。漢詩を賦《ふ》している。何よりここで私が言いたいのは日本人として西洋を見ていることである。その一部をあげれば第二回遣欧使節の市川渡《わたる》は初めて汽車に乗って、豈《あ》に驚目駭心《きょうもくがいしん》為さざらんやと驚くと共に「幅《はば》およそ二寸弱、高さ六寸弱」とレールの寸法を記録している。ホテルは最新式一流中の一流に泊っている。浴室について、その奇巧述べ尽しがたし、一つからは熱湯一つからは冷水が出る、入浴中でも危急のときは人が呼べる、上には如《じょ》露《ろ》を設くとあるのはシャワーのことである。

彼らはどこでもひとたび外へ出れば、群集にとりまかれて歩くこともままならない。歓迎というより好奇心がおさえられないのである。男のくせにスカートをはいている、どれどれと袴を引っぱるものがある。童児ではない、だいの大人であり卑しからぬ婦人である。新聞が連日書きたてたからだろう。千人二千人にかこまれてなかにはさわるもの、戯れるもの、物を投げるものもあるのに彼らは神色自若、顔色一つ変えない。

その当時の新聞はあの高貴な（徳川昭武）一行がなかなか公衆の前にあらわれないも

のだから、その顔つきは、ギリシャの美男に似ているか、それともホッテントットに似ているかとじれて書いた。ボードレールはひとことで評したサルだ！

使節一行は社交界の貴顕もまたそう見ていることを知っていた。ナポレオン三世も引見してはじめその地味なのに驚いたが、忽ち文化こそ異《こと》れ教養ある紳士たちだと見てとった。日本人はいつまで日本人だったか。この連中が死ぬまで明治半ばまでだったのではないか。

社交界のお手本はルイの昔のパリにあって、他は多くまねごとである。わが国もその例にもれなかったが、敗戦で華族がなくなってこのかた、しぜんまねごとも絶えた。

帝政ロシアでは言葉までフランス語を使った。あの紳士は「フランス語のように上手にロシア語をお話しになる」というほめ言葉を二葉亭四迷訳「うき草」のなかで読んだ。属国でもないのにフランス語を国語にするのは、それが貴族の証拠とあれば是非もない。上流でないものはそのまねして、おぼつかないフランス語を操って上流にあなどられた。

明治三十年二葉亭四迷はツルゲーネフの小説「ルージン」を「うき草」と訳した。才能も学問もないではないルージンが、転々と他家に寄食して一生を終えるのを「うき草」にたとえたのである。推敲に推敲を重ねて明治四十一年それはようやく一巻になった。

口語文の模範である。なぜこれが模範で、あとは次第に模範でなくなるかというと、二葉亭、鷗外、漱石、潤一郎までの口語文の根底には漢籍があったからである。漢籍があるかぎり文脈に混乱は生じない。

右の面々は漢文と和文の基礎の上に外国語を習った。二葉亭は日本語のできないお雇い外人に国語も歴史もロシア語で習った。歴史はロシアの歴史であり国語はロシアの国語である。東京外国語学校のロシア人教師は稀な小説好きで、プーシキンやゴーゴリを毎回朗読して聞かせたから次第に面白さを解して、しまいには読み書きはもとより話せるようになった。当時のロシアの小説はフランス語だらけである。サロンの会話がフランス語ならしぜんそうなる。小説中の会話を通じて二葉亭はフランスの流行思潮を知り、明治十九年初対面の坪内逍遥を驚かしたのである。

お話かわってこんどは広瀬武夫の巻である。ダーリヤ一家の住まいは県下でも一、二を争うほどの大厦《たいか》である。ダーリヤの亡くなった夫は金満家で、枢密顧問官でモスクワでは誰一人知らぬものがなかった。ダーリヤにはナターリヤという今年十七になる娘と九つと十になる男の子がある。それをつれて夏はここで過ごす。幼いときは乳母がつき、やや大きくなるとフランス語の家庭教師がつく。母子の間の会話はフランス語である。ドイツ語また英語はやや長じて習う。

のちの軍神広瀬武夫は漱石より一つ年下の九州男児である。日露の戦いは避けられないだろうからその日のお役にたつようにロシア語を学んでいる。どうせ死ぬ気だから妻帯しない。

日記は漢文でつけている。ロシアの人情風俗を知るために小説も読んでいる。はじめプーシキンを、ゴーゴリを、ついにトルストイの大作まで読んで、プーシキンの詩のごときは感激すると漢詩に訳している。漱石は子規に兄事して句をよんだが、広瀬は折にふれて漢詩と和歌をつくった。

広瀬は手紙人間で生涯に二千通近く書いていると島田謹二はその名著「ロシヤにおける広瀬武夫」に書いている。以下それによる。うち四百通近くが広瀬本家から発見されている。その四百通は手紙の肝腎なものである。ロシア時代のものでも百二十通近く出た。

広瀬がロシアではじめて知遇を得た家庭はフォン・ペテルセン博士の家であった。医師でペテルブルグ大学の教授で、十七になるオスカルという男の子と二十一、二になるマリヤという娘がいる。マリヤは武夫の姪（七歳）が外国の切手を集めていると聞いて、百枚、五百枚ついに千六百五十五枚も日本まで送ってくれた。その切手もそっくり出てきた。

それは姪だけのために集めたのではない。広瀬のために集めたのである。うかつな広瀬は気づかなかった。おかしいなとぼんやり思っただけだった。島田謹二が「武骨《ぶこつ》天使」と書いた通り広瀬は女の気持が分らなかった。広瀬が死んで、兄勝比古の妻即ち姪の母にあてた悔み状でそれははっきり分った。マリヤがロシア語では分るまいとドイツ語で書いたその胸打つ手紙が出てきた。

広瀬は既に三十四であるが日本人はみな若く見える。身の丈一七五センチである。二葉亭も大男だったが広瀬も当時の日本人としては堂々たる偉丈夫である。けれどもチンチクリンでこそなけれボードレールの言う黄色いサルといえばサルである。

身分はペテルブルグ駐在の海軍武官である。陸海軍武官は当然社交界に出なければならない。フランス語も操らなければならない。ダンスも習わなければならない。ついぞ接したこともない武士だということは、見る人が見ればすぐ分る。ペテルセン家はあげて歓迎した。マリヤはロシア人としては珍しく内気で、思うことの半ばも言えないたちである。

次いで広瀬はこの国の貴族である海軍少将コヴァレフスキー一家と友になった。招かれること両三度、広瀬の子供好きはおあいそではない、本ものだと子供たちにはすぐ通じる。ペテルセン家同様日本人もロシア人もない友となった。子供たちのあるものはタケオサン、またタケニイサンと広瀬を呼んだ。そのうちのひとりはのちに海軍士官になって旅順で武夫と相まみえ共に手紙のやりとりをして共に死ぬのである。これによって日露戦争当時は敵国軍人同士の文通が中立国を通じて許されていたことが分る。

広瀬は女に無縁である。女は母と妹と同じく海軍将校である兄勝比古の嫁しか知らない。兄は七つ年上で兄嫁は一つ年下であるが、世間を知ること姉のごとくである。

私は明治三十年代になっても、まだ日本人の目で西洋を見ている男子の代表として広瀬武夫と夏目漱石をあげたい。広瀬はペテルブルグ大学教授医学博士フォン・ペテルセンの令嬢マリヤ・オスカロヴナに慕われているのに気がつかない。眼中国家と海軍しかない。

ある日マリヤは弟オスカル（十七）と共に広瀬の下宿を訪ねた。下宿といってもいまのマンションよりはるかに広い。女中がいるとはいえ広瀬は独り者である。弟は広瀬が大好きで彼をこよなき年長の友とみている。二人は歓を尽して帰った。

そのあくる日マリヤはこんどこそと一人で広瀬を訪ねた。何という不運だろう、広瀬は留守だった。名を言わないでこの花だけさしあげてと門番の女に頼んで帰った。

アリアズナ・コヴァレフスカヤ（十八）は貴族であるコヴァレフスキー海軍少将の娘で、兄が二人とも海軍軍人である。アリアズナは貴族の娘の常として社交界にデビューすると、たちまち崇拝者と称する若者に取巻かれた。その一人ドミトリー・ミハイロフに彼女は初め好意を持つが、広瀬を知るに及んでたちまち興味を失った。眉目《びもく》すぐれた海軍士官ではあっても朝寝夜ふかしはする、女を口説くのも口先だけである。風雲急だというのに眼中国家ある貴族は一人もいない。

明治三十四年の一月某日コヴァレフスキー邸で海軍将校の晩餐会があった。食後別室で将校の一人が「日本に柔道ありと聞き及んでいるが、貴君も出来るだろうね」、コヴァレフスキー少将「出来るとも、達人だよ」「ひと手お相手願おうか」。

見れば雲つくような大男である。まずその椅子におかけ下さいと広瀬は椅子をすすめ巨漢がかけようとする虚をついて、こんな風にやるのですと言いながら、その右手をとって部屋のまん中に堂《どう》とばかり投げた。

一座は仰天して拍手は鳴りもやまなかった。とりわけアリアズナは強い印象をうけた。タケニイサンは気はやさしくて力持ちなのだ。彼女はマリヤとちがって一途《いちず》である。社交の宴でダンスの折は進んで広瀬の手をとりたがる。ドミトリー・ミハイロフはとにかく他の取巻には目もくれない。広瀬は気が気でない。いくらアリアズナが積極的でも、まさかと広瀬は信じない。

広瀬は海軍駐在員として社交界で親しく婦人連に接しなければならない。正式の夜会では彼女たちは例のデコルテ姿であらわれる。半裸体である。彼は忍んでよくつとめた。ことに婦人中心の宴に出るときの気苦労は並たいていではない。上流社会の夫人や令嬢たちは、初めは世辞も言い愛想もいいが、たちまちわがままで高慢で横柄な本性をあらわす。

こちらが円転滑脱な才子ならいいがと島田謹二はその「ロシヤにおける広瀬武夫」に書いている。以下それによると広瀬は武骨一辺の九州男児である。それがあちこち遊弋《ゆうよく》して音楽や遊戯やダンスの相手までつとめ、仏頂づらかくして面白そうに応対しなければならない。時には席を蹴って帰りたいときも微笑して心にもない言葉を口にしなければならない。

以上は広瀬が見たペテルブルグの社交界である。ペテルブルグが右のごとくならモスクワも同じだろう。顔ぶれがすこし落ちるだけである。

広瀬の西洋婦人観は多くヨーロッパに渡る船のなかで養われた。あんな女たちばかりかと思ったら次第にそうでないことが分った。ことにフォン・ペテルセン、次いでコヴァレフスキー両家は一族をあげて武夫を歓迎して、子供たちはまつわりつき両親はさながらわが子を見るようである。だからこそ娘たちは恋したのである。

ある日とつぜんドミトリー・ミハイロフ大尉が広瀬の下宿を訪ねて「ぼくはあきらめました。彼女の心はあなたのものです。この上は彼女と結婚して下さい」。

アリアズナは武夫と結婚するつもりでいる。武夫はミハイロフに言われてようやく気がついた。彼女は「兄は腕を組んでくれました、タケオサンも組んで下さいますわね」と言った。その手はふるえていた。武夫は腕をかした。ミハイロフに言われてはじめてはっきり知った。

こうして二人は恋し恋される仲になるのである。それなのにしばらくして広瀬は日本へ帰還せよとの電報に接するのである。二人の愁嘆は書くにしのびない。マリヤ・ペテルセンの嘆きはさらにしのびない。詳しくは「ロシヤにおける広瀬武夫」にまかせたい。

二人は接吻を交しただけの仲である。広瀬は別れにのぞんで「四壁沈々《しへきちんちん》ノ夜　誰カ相思ノ情ヲ破ル」云々という長い詩を書いて、これはあなたも大好きなプーシキンの「夜《ノーチ》」の漢訳です、日本の知識人はみんなシナの詩を日本風に作ります、そしてもう一つ大和言葉の歌を残して尽きぬ名残を惜しんだ。

アリアズナやマリヤが広瀬に恋したのは眼中海軍と国家しかなかったからである。二年たってもなお忘れなかった。「深ク敬ヒ参ラスル武夫サン」待ちかねたるのち、私の手紙に対するご返事を受取申候。云々というアリアズナの手紙が一通残っている。広瀬が手紙と写真を送ってくれたのは嬉しいが、うらむらくは手紙の文面が短いと書いてあった。マリヤ・ペテルセンの手紙は広瀬が戦死したのち、兄嫁すなわち姪の母に宛てた悔み状であるが、さながら恋の手紙である。広瀬はロシア人の友に深く敬愛されている、かくの如き敬意を日本人は失って久しい。

明治十九年数え二十歳の漱石夏目金之助は大学予備門予科改め旧制第一高等学校の進級試験に落第した。以後発奮して首席を通し、帝大英文科に進学した。

英文科は中等学校の英語教員を養成するところで、英文学を学ぶところではない。当時は文学と言えば漢文学のことで、漱石ばかりではない読書人の子弟《してい》はみな漢籍《かんせき》の素読《そどく》を受けている。特に漱石は唐宋数千言を誦《そら》んじていたから、今さら学校で学ぶに及ばない。

文学というものは士《し》大夫《たいふ》のものである。学ぶなら英文学を学んで、英語で文学上の一大著述をして西洋人を驚かしてやれと思ったのが運の尽きだった。

のちに漱石はその誤解であることを知った。二、三の学校教師を勤めたのち明治三十三年英語研究のため満二年イギリス留学を命じられた。年俸は千八百円である。当時日本の十円はロンドンの一円にしか当らない。オクスフォード、ケムブリッヂが名門校であることは承知している。見学に行ったがここは富豪縉紳《しんしん》の子弟の学ぶ処で、貧書生の行くところではない。金のかからぬ学校に通ったがそれでも学費が続かない。

書物で学ぶよりほかないと、倹約して本を山ほど買いこんだ。別にシェイクスピア学者として名のあるクレイグという先生を紹介されその個人教授を受けた。

漱石の勉強ぶりはすさまじいばかりで、ついに発狂したのではないかと疑われたほどである。今その成果は「文学評論」と「文学論」に見られる。

漱石の「文学論」の序文は世の常のものではない。これを著すに至る委曲を述べるまではいいが、突然英国及び英国人をほとんど痛罵しだす。

余《よ》は少時《しょうじ》好んで漢籍を学びたり。之を学ぶ事短かきにも関らず、文学は斯《か》くの如き者なりとの定義を漠然と冥々裏《めいめいり》に左国史漢より得たり。ひそかに思ふに英文学も亦かくの如きものなるべし、斯の如きものならば生涯を挙《あ》げて之を学ぶも、あながちに悔ゆることなかるべしと。

漱石は漢文を楽しんで学んだ。ところが英文は楽しんで学べないと言って突然あの名高い英国罵倒をはじめたのである。

自分が倫敦《ロンドン》に暮したる二年はもっとも不愉快の二年だった。辛うじて露命《ろめい》をつないでいたというは余の当時の状態なり。余は乞食の如き有様でヱストミンスターあたりを徘徊した。謹んで紳士の模範をもって目《もく》せらるる英国人に告ぐ。滞在の当時君らを手本として万事君らの意の如くすることが出来なかったばかりでなく、君らが東洋の竪子《じゅし》に予期したほどの模範的人物となれなかったことを悲しむ。されど官命に従って行きたる者は、自己の意志で行った者ではない。自己の意志をもってすれば、余は生涯英国の地に一歩もわが足を踏みいるる事なかるべし。従ってかくの如く君らのお世話になりたる余は、ついに再び君らのお世話になることなかるべし。余は君らの親切心に対して、その親切を感銘する機を再びする能《あた》わざるを恨みとす。（大意）

私には漱石が何を言わんとしているかよく分るが、当時の読者には分らなかっただろう。この文章が発表されたのは明治四十年五月である。「吾輩は猫である」が上梓《じょうし》されて文名にわかにあがったころである。乞食のような風体でわずかに露命をつなぐのみだったのは、英国及び英国人のせいではない。わずかにイギリス人の偽善、人種差別等を知る人はあるいはそれをさしているのかと思うが、今後一歩も足を踏入れないとまでいうのは大袈裟である。

それにもかかわらずこのくだりは人をうつのである。誰も言わないことを言っているからである。ことに私は齢《とし》十五のころパリとその近郊にあわせて二年半いたから同感に堪えないのである。

漱石は妻の鏡子にあて沢山の手紙を書いている。黄色人種というが俺の顔がこんなに土気色だとは知らなかった。こんなに背が低いとは知らなかった。その上「あばた」である。向うから背の低い西洋人が来る、やれ嬉しやと近づいて見ると必ず何センチは高い。鏡に映る醜い男をそっと見ると自分自身である。

イギリス人の教育のないものはシナ人にしては少しましね、オヤ豎子《こびと》がシルクハットをかぶっているなどと言う。上流の男女は言わないが、内心そう思っているにきまっている。

漱石が親炙《しんしゃ》したのはクレイグ先生ひとりで、この人には敬意をもって日記中に先生と書いているが、ある日英作文を見てもらったら、これは約束以外だから幾らか払えと言われたと怒って「卑しき奴なり」と書いた。以後二、三日はクレイグと呼捨にしている。

これは習慣の違いで卑しき奴ではないと分ったのだろう。しばらくして再び先生と書いている。漱石は先生にそのつど授業料を裸でわたすことに違和を感じている。金銭をじかに渡すのを憚る習慣は私たちには残っている。祝儀不祝儀の金は今も和紙の袋にいれて授受する。

珍しく紙に包んで個人教授料をくれる若者があるので見たら安南人（ベトナム人）だった、儒教圏の人だなと懐しく思ったと平川祐弘は書いている。また漱石の英国嫌いはクレイグ先生以外に教養あるイギリス人の友が一人もいなかったせいではないか、下宿に籠居《ろうきょ》して社交が全くなかったせいではないかとも書いている。もしあれば漱石は広瀬武夫とはまた違った敬意を受けただろう。それは二人の根底にある古典のせいである。

ピエール・ロチ（一八五〇―一九二三）は生涯フランス海軍軍人であると同時に一流独自の小説家で、その名は「氷島の漁夫」の作者としていまだに知られている。一八九一年、年長のゾラを破って十八対一票の大差でアカデミイ入りをした人である。

ロチはながい海洋生活の途次二度日本に来て、しばらく滞在している。一度目は明治十八年長崎にほぼ半年いた。世話する女があって、年のころ十七、八の娘と結婚して、その生活を「お菊さん」に書いた。娘の両親とロチの友人を立会人にして結婚したと書いているが、月々の手当を娘に与えているから妾だろう。世話した女は待合のおかみらしい。時が来て別れるに当ってまとまった金をやったら、娘はひそかにその銀貨が本物かどうか調べていたという。べつに当時の見聞をロチは「秋の日本」「江戸の舞踏会」などに書いた。

二度目の滞在は明治三十三年である。その時の収穫は「お梅さんの晩年の春」である。永井荷風はロチの愛読者でロチの短文を美しい日本語に訳している。芥川龍之介は「江戸の舞踏会」を下敷にした短編「舞踏会」を書いた。

明治十八年秋、ロチは長崎を去って神戸を経て横浜に着いた。着いて二日しかたたないのに次のような招待状がきた。

——外務大臣ならびにソーデスカ伯爵夫人は、天皇陛下のご誕生日に際し、ロク・メイ・カンの夜会に、貴下のご来臨を乞う光栄を有するものでございます。

舞踏も行われます。

なおお帰りは、特別列車が午前一時にシンバシ駅を出ます。

鹿鳴館はいまも名高いが、明治十六年外務大臣井上馨《かおる》(聞多)が、ジョサイア・コンドルに命じて建てさせた西洋館である。井上は日本を一刻も早く西洋並にしたかった。

条約改正の一助としての欧化政策である。コンドルは日本の美術工芸に惹かれ日本らしい西洋館にしたかった。井上は設計図を見て驚いた。こりゃ和風ではないか、西洋そのままを造れとやり直しを命じた。ロチが招きに応じて見たのは出来たてでまっ白で、ヨーロッパのどこかの温泉場のカジノみたいな西洋館だった。

サロンは二階にあった。階段を上ると四人の主催者が待ちうけていた。白い襟飾をつけ勲章をいくつもぶらさげた紳士は外務大臣にちがいない。そのそばに立っている三人の女性に目をひかれた。ことに最初の女性こそあの伯爵夫人であろう。肩のあたりまで手袋をはめ、ひいでた利発そうな顔だち、パリ風な服を実に器用に着こなしている。私は礼儀正しい挨拶をする、彼女も礼儀正しい挨拶をする。

あとの二人のうちのひとりは小がらなかわいらしい麗人、次はうら若いアリマセン侯爵夫人。ああ大層りっぱです、奥様がた。私は皆さん三人に心からお祝い申上げましょう、その物腰は非常に美しく、その変装は非常にお上手です。

ちと金ぴかでありすぎる、ちとあくどく飾りすぎる、燕尾服は西洋人にとってもすでに醜悪であるのに、何と彼らは奇妙な恰好に着ていることだろう。私には彼らが皆いつもサルに似ているように見える。

ああそれからこの女たち——、パリからまっすぐに伝わってきた身づくろいをしている……いや、しかしそのつりあがった目の微笑、その内側にまがった足、平べったい鼻、ついさっき入口で見た三人は夫人たちのなかで最もすぐれたひと、いちばんの麗人だと知れた。

彼女たちはかなり正確に踊る。それは教えこまれたもので、自動人形のように踊るだけのような感じがする。ひょっとして奏楽がとまったら、もう一度最初から出直させねばならない。私は自分を高尚に見せようとして、デゴザリマスという敬語を挿入する。私の日本語は令嬢たちを驚かせる。

私は踊り相手にせいぜい十五歳くらいの少女を選んだ。まだほんの子供でそれでいて高雅なところがあり私の日本語をよく理解して私がデゴザリマスの使い方を間違えるたびに直してくれた。

さらに私はたくさんの夫人令嬢と踊った。ことにこの少女と踊った。結局のところ非常に陽気な祝宴だった。たとえ私が時に笑ったにせよ悪気があったわけではない。彼らは実にすばらしい真似手だった。

これ以上摘録するには及ぶまい。ジョルジュ・ビゴーの漫画をご存じだろう。それにさも似たりと言えば足りる。芥川龍之介はこの少女を主人公にして思い出を語らせている。大正七年少女はすでに老女になっている。

少女は正式の舞踏会に出るのは今夜が初めてである。彼女は自分が美しいことを知っていた。彼女は羞恥と得意を交《かわ》る交る味わった。そのフランスの海軍将校は日本風なお辞儀をして異様な発音で言った。「いっしょに踊って下さいませんか」

彼女は何度かこの将校と踊ったあと、休んでいる時そばをドイツ人らしい若い女が二人通ったのでためしに言ってみた。「西洋の女のかたはほんとうにお美しいこと」「日本の女のかたも美しいです。ことにあなたなぞは——」「そんなことございませんわ」「いいえ、お世辞ではありません。そのますぐにパリの舞踏会へも出られます。みんな驚くでしょう」「私もパリへ参ってみとうございますわ」「いえパリの舞踏会も同じことです。パリばかりではありません。舞踏会はどこでも同じことです」

筆者贅言。ピエール・ロチが舞踏会なら世界中同じですよと、その日一少女に答えた言葉に深い意味はなかっただろうが、私にはあるように思われた。

場所は丸の内のロク・メイ・カンである（いま大和生命ビル）、時は明治十八年十一月三日（天長節）なのに、ロチはわざと「江戸の舞踏会」と題した。ロチは明治の文明開化をみじめな西洋模倣だと見ている。ジョルジュ・ビゴーに今まさに鹿鳴館の夜会に出発せんとする紳士夫妻を描いた戯画がある。二人は姿見の前で正装した自分を確かめている、鏡のなかの二人はわざとぼかして描いてあるが、よく見ると二人はまさしく猿である。

それをロチはどこの社交界も同じだと言っているのである。ただ猿のなかにも美しいのと醜いのとがあるのを認めている。衣裳の着こなし、世辞の言い方にちがいがあるだけだと言っている。私たちはペテルブルグの舞踏会がパリのそれと大差ないのを見た。それなら鹿鳴館とも変らぬとロチは言いたげである。

客はすべて上流である、上流なら家庭は淫靡《いんび》である。妾は権妻《ごんさい》といって正妻に次ぐ資格があって法的に保護されていた。この習慣がなくなったのは大正デモクラシー以後である。昭和になって以来妾は二号になった。インスタントである。

当時は男女交際の機会は稀だった。西洋人の腕にだかれて踊るのはまた格別である。うそかまことか醜聞だらけなのはどこの社交界も同じである。文部大臣森有礼は珍しく品行方正で、妻を迎えるに当って生涯裏切らないと互に誓約書を取交した。

それなのにまもなく離婚した。妻が目の青い子を生んだからである。いま伊藤博文と踊っている下田歌子は伊藤と通じているといわれている。才色兼備でまだ三十そこそこである。伊藤は戸田伯爵夫人を犯したという。いや合意の上だという。これまたパリもペテルブルグも同じだとロチは言っているようである。

鹿鳴館は明治十六年に成った。明治二十年の大仮装舞踏会が鹿鳴館の全盛期で、これを境に急速に衰え明治二十六年には建物が売りに出された。

ロチはソーデスカ伯爵夫人アリマセン侯爵夫人クーニチワ嬢などと迷惑がかからないように匿名で書いている。ソーデスカ夫人から招待状がきたのだから主催者外務大臣井上馨夫人武子だと分る。他は分らないが大山巌夫人捨松は明治四年十一歳の時、津田梅子（七歳）永井繁子（八歳）他の二人（共に十四歳）とアメリカに留学して十一年たって帰国し、陸軍卿大山巌の後妻になった。十一歳の捨松以下は順応してほとんどアメリカ人になった。

美貌の捨松は鹿鳴館の花である。日本語はおぼつかないが英語は母国語のようでしかも社交に長じている。言語がそうなら内心もそうで、すでに儒教圏の人でなくなっている。他の十四歳の二人はつとに儒教圏の人になっていたから同化できないで早々に帰っている。七歳の津田梅子はのちに女子英学塾（いま津田塾大）をおこしたが、生涯日本人になれないで苦しんだ。

かりにも校長である。習字、茶の湯、花以下日本婦人ひと通りの教養をすべて習って巧みに出来るようになったが、ついに日本人にはなれなかった。その悩みを訴える手紙は全部英文だった。養い親の夫人に送った。

私はラフカジオ・ハーンを思いだす。ハーンは妻節子との間に二児を得た。次男はいいが長男はだれが見ても混血児である。長じて日本では勤人にもなれない。西洋へ帰すよりほかないと英語を目の色かえて教えた。けれども周囲は全部日本語の世界である。そのまん中でひとり西洋を経験させることは出来ない。

ハーンは西洋のわらべ唄をはじめ、西洋の子なら知る遊戯の悉くを教えようとした。妻の節子が英語を教えるなら私にもとなにげなく言ったとき、おれがいま試みているのはそんななまやさしいことではないときびしく拒絶したという。節子はその見幕《けんまく》に驚いて同時にハーンの心中を察したという。

ハーンの試みは出来ない相談である。ハーンの二人の子は結局日本人になったのではないか。津田梅子はなん十年悪戦苦闘したが、やはり日本人にはなれなかった。

大山捨松が最も花やかだったのは、鹿鳴館で西洋人を相手にして談笑しているときだった、舞踏しているときだった。彼女もまた日本人になれなかった。私は少年の昔フランスで国籍不明の少年少女を見た。最も見たのは武林イヴォンヌで、彼女はフランス人の間で育ったり日本人の間で育ったりしたので、フランス人ともつかず日本人ともつかないまま大人になった。すでに書いたが薄い大学ノートに必死で手習いしたのだろう、平がなばかり、それでいて子供のではない大人の字で、「はやくぱーりへかえりたい」と書いてあるのを見て暗然とした。ぱりーをぱーりと誤っているのが哀れだった。しかも帰ってもそこは自分の国ではないのである。

明治の昔とちがっていま夥しい日本人が海外にいる。日本人のコロニーをつくって英語を知らない日本人に育てている母親が多いと仄聞《そくぶん》した。捨松梅子繁子はアメリカ人になったが、他の二人は日本へ逃げかえった。十四歳といえばあと一両年で当時は嫁にいく齢である。完全な日本人に返ったから以後の消息はない。

私たちはある国に住むのではない。ある国語に住むのだ。祖国とは、国語だ。それ以外の何ものでもないという言葉を私はシオラン「告白と呪詛」(出口裕弘訳　紀伊國屋書店)で発見した。

エカテリーナ二世(一七二九—九六)はわが国では馴染が薄いが、良人であるピョートル三世を奸臣ばらの手をかりて殺害して即位したロシアの女帝である。

在位三十四年専制を敷いて大功があった。白ロシア、クリミア、トルコを破り黒海の制海権を握った。だからこのくらいの贅沢は許されると途方もない贅沢をした。

女帝をとりまく貴族もそのまねをした。三百人から八百人の召使を農奴から選んで雇った。これでは名前もおぼえられない。寝食は保証するが給金はやらない。この奉公人のなかには役者や音楽家もいる。

主人は農奴を売買したり抵当にいれたりした。ペテルブルグやモスクワの新聞には「新品同様の馬車一台、別に少女一人売りたし十六歳」というたぐいの広告が年中出た。当時純血種の犬は二千ルーブル、農奴は三百ルーブル、その娘は百ルーブル以下が相場だったという。ただし腕のいい料理人や音楽家なら八百ルーブル位の値がつく（以上アンリ・トロワイヤ著・工藤庸子訳「女帝エカテリーナ」による）。

これによって芸術家が奉公人の域を脱したのは僅々二百年のことだと分る。いまだに社交界では奉公人扱いされている無名の芸術家がいるはずなのに日本人は言わないから誰も知らない。私も知らない。

エカテリーナ女王は小太りで並より背の低い六十歳あまりの白髪の老女ではあったが、身辺に若い美青年を絶やさなかった。なお漁《あさ》ったから我こそは寵《ちょう》を得ようとする若者がいつもひしめいていたという。老いてますます好色な女王として名高い。

イギリスの貴族はスポーツはするが働くことはしない。そのかわりノーブレスオブリージュといって戦さのときはまっさき駆けて突進するという。ロシアの貴族もそのまねをしたのだろうが、エカテリーナに遅れること百なん十年広瀬武夫の時代のペテルブルグの青年将校は朝寝夜ふかしはする、恋をするのも口先だけ、風雲急だというのに眼中国家あるものは一人もないとコヴァレフスキー少将の令嬢アリアズナに見限られている。貴族というのはこういうものだ。人は働かなければこうなる。紫式部の筆で美化されているが、光源氏はみかどの後妻の藤壺を慕ってやがて契《ちぎ》る、藤壺は源氏の子を生む。それと知らぬみかどはその子を溺愛する。源氏と藤壺は恐れかつ悩む。

藤壺を忘れられない源氏は藤壺の姪《めい》に当る少女（のちの紫の上）を奪って自邸に引きとる。べつに人妻空蟬《うつせみ》、義兄弟の恋人夕顔とまじわっている。末摘花《すえつむはな》と通じたのもこのころで、以上源氏二十歳までのことである。

四季うつって源氏五十歳に近くなって正妻女三宮は柏木と密通、宮は柏木の子（薫）を生んで出家、源氏はむかしみかどを裏切って藤壺に子を生ませた事を回想する。因果はめぐる小車《おぐるま》である。

粗筋だけ述べるとまるでポルノだが、それが千年近く良家の子女《しじょ》に読みつがれ「古今」や「新古今」と共に教養の基礎になったのである。男子の基礎は漢籍だったが恋の手紙は大和ことばで仮名で書かなければならない。したがって男も歌をよんだがそれも明治の末に絶えた。

社交界がうそでかためたところであることは洋の東西を問わない。その最も盛んなのはルイ十四世の昔で、とんで十九世紀に息ふき返したがやがて大小のパーティと化して今に及んだ。もう社交界はなくなったのである。芸術家はもと貴族の奉公人同然だった。映画の時代になって大金をとるようになると役者は上流に似た者になった。

「なんの芸人づれが」とかげでは言っても表では言わなくなった。そのうち勲章をもらうまでになって尊敬されるようになった。芸人に対する敬語の変りようを見るとこの半世紀が分る。今は多く先生と言っている。大正十二年の震災まで一流の劇場には「芸人控所」と書いてあった。

それなのにデヴィ夫人はアメリカの社交界で侮辱された。面と向って醜業婦よばわりされたのである。初めてである。これはまだ社交界の面目がわずかに残っていることを示す。

デヴィ夫人は昭和十五年東京で生れた、父親は大工、長じて赤坂のナイトクラブ「コパカバーナ」のホステスになって、インドネシアのスカルノ大統領に見そめられ、その第三夫人になった。これで社交界のメンバーになる資格が生じたとデヴィ夫人は思ったが、むろん思わないものがあった。

クラブのホステスは客と寝室を共にして、そのつど金をもらうと信じられている。即ち醜業婦だと罵られたからカッとなってシャンパングラスを投げつけ、相手の女に傷を負わせ禁固六十日の実刑と罰金を科せられた。

デヴィ夫人は不服である。女はみな金と力になびく。社交界の上流夫人とホステスとどこが違うかというが違うのである。マルグリット・ゴーチェこと椿姫は社交界に入《はい》れなかったし、入ろうとも思わなかった。モンドに対するドミ・モンド（半社交界）は舞踏会を主催できるが、そして貴族の客も来るが、その雰囲気は尋常ではない。

デヴィ夫人は大統領の第三夫人としてながくちやほやされていたので気がつかなかった。あるいは気がつかないふりをしていた。ここはお前の来るところではないぞと言われて逆上したのである。

「アメリカ人でなくてよかった」と二十年前私は書いたことがある。

男女を問わず知りあいならなま温かい頬をつけっこしなければならない。息のくさい男だったらどうしよう。くさいもの身知らずと言って西洋人は互いにくさいから気にならないのだろうか。それにあのローブデコルテ、醜いまでに肥えふとってまたはやせさらばえて、あれを着てよく人前に出られるなあ。若い婦人の髪の毛が一本汗ばんだ背にべったりついているのを見ることがある。つまんでやるわけにはいかないし、耳打ちしても自分じゃとれまいから教えるわけにもいかない。

どこへ行くのも夫婦一緒というのも耐えがたい。二人の間は冷えているのに、パーティ用の、にせの微笑、にせの愛嬌をふりまかなければならない。ふりまいて何年になるだろう。

座中に美人が一人いると男たちはほとんど動揺する、ちやほやする、かくしたって分る、帰りにとっちめてやるぞ。なにさ、ただ若いだけじゃない。けれどもこの若いということが何よりなのである。くやしい。

夫婦そろって客を招くパーティの習慣がないのはわが国の美風である。家《うち》に招けば何より細君の品さだめをされる。器量のよしあし財産のあるなし、家がら学歴（おお、高卒だの大卒だの、大卒でも一流校だの末流校だの）、満面に笑みをたたえあとでかげ口をきくのは人間の常で、西洋も東洋もありはしない。どうしてわが国の凡夫凡婦に機智に富んだ会話がなくて、西洋の凡夫凡婦にあるだろう。

モーパッサンは別荘地のホテルの食卓の会話ほど耐えがたいものはないと言ったことは前に書いた。貴族、貴族、どこへ行っても貴族のうわさでもちきりだ、彼らは話す、何を、天気のことを、王侯のことを、貴族のことを。

ヴァンス・パッカードに「浪費をつくり出す人々」というベストセラーがあった。アメリカのさる団地に引越した若夫婦が、もともと歓迎好きの同じアメリカ人に大歓迎され、お返しのパーティを開いてうっかり銀の食器を出したら、それまでにこやかだった客たちは顔見あわせ一人去り二人去りしたという。

その団地では銀の食器を持つ家は一戸もなかったから、それを誇示した（と思われた）新参《しんざん》の若夫婦は客に重大な侮辱を与えたのである。かくて夫婦はその幼な子まで「村八分」にされたという。

いくらアメリカ人でも変人はいる。つきあいの悪いのがいる。団地の交際はこの男の一戸を境に二つに分れるという。

ついこの間私は皇室には藩屏《はんぺい》があったほうがいい、それがないから皇太子のお妃になり手がないと書いた。平民はお妃候補になると逃げ回る。藩屏は「垣」のことで皇室のぐるりを取巻く「垣」は戦前は華族だった。皇族の結婚相手はこの華族から選ぶことにきまっていたから、選ばれる見込がある姫たちは、この上ない名誉だと心得て一喜一憂して待っていた。

昭和二十二年占領軍はわが国の華族制度を廃し、その身分を剝奪《はくだつ》した。（財産はわが財産税によってその大半を没収された）アメリカにない貴族が華族と称してサルの如き敗戦国民にあるのがいまいましかったのである。

公、侯、伯、子、男は華族の序列で公爵が一番えらい。順番がさがるに従ってえらくなくなる。家族あわせても六千人前後しかいないのだから、上《うえ》つがたといって平民の嫉妬の的《まと》ではなかった。わが国の社交界はこの華族を中心に戦前まであった。各国の大公使、アタッシェ、財閥、縉紳《しんしん》とそのおん曹司《ぞうし》たちがこれに加わった。

昭和初年加賀百万石前田侯爵の本郷の屋敷は一万二千六百六坪（約四万一千六百七十三平方メートル）あった。それを駒場の土地四万坪（約十三万二千二百三十二平方メートル）と地続きの林と等価で交換した。雇人は百三十六人いた。皆旧藩ゆかりの者である。前田家は多いが同じ大名華族十五万石の某々家は九千八百坪、雇人は四十人だった。（昭和十年代）学習院は華族の学校で十三歳中等科一年になるともう縁談があること旧幕のころと似ていた。家庭教師がいる、家令がいる、料理人がいる。書生がいる、小間使いがいる。昔は側室が五人十人同居していたが、さすがに大正以後このことはない。妾宅に囲うのが一般になった。主人はしばしば奥方付きの小間使いに手をつけた、孕《はら》むと金品を与えて解雇したが前田家などの大名になると一生世話した。

夫人と召使は対等の人間ではないから表向きは嫉妬しないことになっていると侯爵前田家に生まれ伯爵酒井家にとついだ酒井美意子は「ある華族の昭和史」に書いている。したがって華族の家に育った子女《しじょ》は淫蕩の風に慣れている。それでいて家庭の躾《しつけ》、教育は厳格を極めた。傅育《ふいく》は家庭教師と母が当る。いつ宮家のお妃にとのお声がかかるか知れないからである。いっぽう昭和になってからは華族の子弟で革命思想に共鳴するものしきりである。

前田家の令嬢美意子にはさる宮家から婚約のお申込みがあったのに父はすでに許嫁者があるといつわってご辞退したという。なぜ当人に無断で断ったのと娘がなじるとお前はまだ十四だ、すでに五・一五、二・二六事件がおこっている。革命があったら華族で皇族と縁組したものは無事ではすむまい、だから拝辞したのだよ。

常におつきの女中と警固の若者がついている。ただ夏の軽井沢の別荘ぐらしは解放されている。恋愛遊戯をして小手しらべはしているが、結婚は恋愛とは全く別と考えている。理性による結婚とも言えるし打算による結婚とも言えた。ピエール・ロチは社交界ならみな同じですと言った。

戦後の銀座にXというバーがある。そのXの近くにYというバーがある、その近くにZというバーがある。

この三つのバーの常連に流行作家某がいる。彼はXの女とはこれで三十人寝た、Yの女とは二十人寝た、Xに行ってはZの女とはこれで三十五人目だと自慢した。（略）あるとき私はたまたまXで彼と隣りあわせの席につき彼が自慢しているのを聞いたのである。

右は立原正秋が「遊びのさまざま」という題で昭和四十六年の「諸君！」に書いた実話の抄録である。ホステスを前にこんな話をするとは客の風上《かざかみ》におけないが、立原はうそをつく男ではないから本当だろう。この男は一人の女と二度と寝室を共にしないからこうして大ぜいを数えることができたのだろう。

Xには、Zには三十人以上のホステスがいたとみえる。バーの最後の全盛時代だろう。そのなかの目星い女と関係したということは、ほぼ全員が誘えば応じたということである。立原は怒るがこういう客はいるのである。洋の東西を問わない。

私は晩年の川上宗薫にコラムで問いかけて、ながい返事をもらったことがある。それが縁で死ぬまでの一両年友に似た仲になった。ホステスに金をわたすとき男はどうするのか。目の前で数えてわたしたら女はいやな顔をするだろう、紙にくるんで与えるのか、それなら男は常に紙を用意しているのか、祝儀袋じゃおかしかろう、第一あれは祝儀ではない。

ハンドバッグにそっといれてやるのか、封筒にいれてやるとすれば女は中身を改められないと、男は存外デリケートな存在である、またケチな存在である。心は千々《ちぢ》に乱れるだろう。その道の先達《せんだつ》川上宗薫氏に教えを請うと書いたら、案じることはないむきだしでやると答えた、昭和五十七年現在三万円にきめている。

不足なら二度とつきあわないから分る。ただ一度大恥をかいたことがある。三万円先きにやったら食事にはつきあったが、それ以上はつきあわない、こんな金で自分をホテルにつれこむつもりだったのかという顔をされた、云々。

花柳界の女はあれでも接客業者である。子供のときから行儀作法、芸事の一つ二つは仕込まれている。女給ホステスのたぐいは何一つ仕込まれてない。客の機嫌をとる気はなし、またとれない。それでいて女を遊ばせてくれるのがイキな客だという。むかし芸者が言ったせりふを女給がおうむ返しに言っているのである。裏を返す、馴染《なじみ》、いろなどという言葉もまだ使っているのではないか。言葉をさかのぼればホステスは女給の、女給は芸者の直系の子孫だと分る。

花柳界百年の小史なら私は「最後のひと」（文藝春秋）に書いたから手短に言う。明治半ばの「洗い髪のお妻」の時代は売色を恥じてない。明治末年の萬龍《まんりゅう》は恥じている。大正デモクラシーはこの世界にも次第にしみこんできていたのである。

萬龍は文学士恒川陽一郎に恋し恋され正式に結婚するに当って、抱主《かかえぬし》に法外な身うけ金を吹きかけられ恒川に全額払わせるのが心苦しく、自分の宝石貴金属を売払っている。それらにはいまわしい思い出があるから惜しくない。

親のために身を売る女は次第に稀になった。昭和十年代は宝塚の女優にでもなるつもりで芸者になるものが出てきた。素人芸の三味線長唄が座敷で通用するようになった。だからえり好みして客をとったりとらなくなったりした。

いっぽう貧ゆえに売られた芸者もまだまだいた。両者の間はうまくいかない。こうして花柳界は滅びたのをいいことに、半世紀たった今もと芸者で清く正しく美しく商売していたようなことを言うものがあらわれるようになった。

戦後は素人の時代である。売春が禁じられて以来誰に迷惑かけるわけではなし、体でかせいでどこが悪いと真実思う女がふえた。女郎もしない四十八手を素人がするようになった。海外旅行をするためにしばらく売春する女がある、そして何食わぬ顔で別人と結婚するのである。

ここで話はデヴィ夫人と椿姫に戻る。夫人はもとホステスである。ホステスなら高級であれ低級であれ誘われれば身を売るものと思われている。椿姫は社交界にははいらなかった。はいれるとも思っていなかった。

それでいて客には伯爵がいる子爵がいること往年の花柳界に似ている。パーティを主催すれば集まってくれる。けれどもそのパーティの雰囲気は尋常でない。男たちは女たちを選んで買いに来ているのである。並の娼婦ではないから大金がかかる。客は貴金属宝石のたぐいを贈る。女は何人からも贈らせる。ドミ・モンド（にせの社交界）といって椿姫はそのヒロインだったが、身の程は知っていた。

デヴィ夫人が醜業婦と罵られたのはこの故である。本物の社交界の夫人たちも金と力になびいている、主人の目を盗んで情夫をもっている、どこが違うかといきまいても違うのである。

ここにあるのは「現金」である。封筒にいれようとバッグにしのびこませようと、寝室を共にして現金をもらったらそれは醜業婦なのである。デヴィ夫人は本来社交界には出られないのである。出られたのは社交界が社交界でなくなったからである。満座のなかでつかみあいをしたのはこんなわけからである。

花柳小説は売笑を美化して金銭の授受については多く書かなかった。その根は吉原にさかのぼる。吉原の全盛時代の花魁《おいらん》は金銭を扱わなかった。男女の交際がままならない時代の恋だからウソでかためて金銭の授受をないものにした。吉原は最高の社交界だったのである。

私は吉原にあがったことはないが、好奇心から大門《おおもん》の前を通ったことはある。昭和十年代の夏の真昼だったから大道は直《ちょく》として通ずるのみで、人影もなく犬も通らなかった。予想した通りのみじめな売色の街だった。

北廓《ほっかく》全盛見わたせば軒は提燈《ちょうちん》電気燈——と一葉女史は書いた。「たけくらべ」の主人公美登利《みどり》はいずれ花魁になる身の上を恥じてない。「たけくらべ」は明治二十八年の作だからそのころまで吉原の繁昌は続いていたと分る。明治の末からは芸者の時代、大正の震災前後からはカフエーの時代、昭和初年以来バーの時代になって細々今日にいたっている。

歴史は全く馴染のない大昔からはじめるから暗記ものになって面白くない。現在から過去にさかのぼればこんな面白いものはない。ホステスは女給の、女給は花魁の直系の子孫だと分るとはすでに言った。花魁は白拍子の流れを汲むものだということまで分るだろう。

花柳界が衰えたのは大正デモクラシーのせいである。大正デモクラシーの一つにプラトニックな恋愛至上があって、恋愛は結婚を前提としたものだけ謳歌され、前提としないものは非難された。落語に「五人回し」がある。忙しい晩は女郎は回しといって、五人十人の客をとった。プラトニックな若者のよく耐えるところではない。

吉原の全盛時代は江戸時代の初めから元禄ごろまでだろう。吉原の客ははじめ大身《たいしん》の武家とご用商人だった。大名旗本は和漢の教養があったからその相手をつとめる花魁にもそれはなければならなかった。香爐峰《こうろほう》の雪はいかならむと問われたら簾《すだれ》をかかげて見る程度の故事は知らなければならなかった。

入山形《いりやまがた》に二つ星、松の太夫《たゆう》といわれるほどの花魁になると、客を迎える別の座敷まで持っていた。そこは大名道具に見まがう家具調度で飾られていた。碁将棋のたぐいの用意もある。花魁を相手にのどかに碁を打つ老人客がいたのである。

ただしこれはみな大籬《おおまがき》といった大見世《おおみせ》の話である。

大見世には引手茶屋からあがる。茶屋を通さない客はあげない。客は茶屋で吉原芸者と太鼓持《たいこもち》（幇間《ほうかん》）をあげ、気分が浮きたったところで遊女屋へくりこむ。

はじめての花魁は「初会《しょかい》」と言って近づきになるだけである。気にいったら頃あいを見てまた呼ぶ。これを「裏」を返すという。三度目になってはじめて「馴染」になる。床入《とこい》りをする前に三々九度の盃ごとのまねをする。ただしものには表と裏があるが、くだくだしくなるからここでは言わない。

素人の女は恋仲にならなければなびかない。恋には時間がかかる。だから恋のまねごとをするのである。この世に恋のまねごと以外の恋があろうか、とこれだけの手順をふむのである。女は気にいらなければ客をふることができる。

三浦屋の揚巻《あげまき》という花魁は、髭の意休という結構な旦那をふってふってふりぬいて、自分には花川戸の助六という間夫《まぶ》がある、間夫はつとめの憂さばらし、お前さんと助六はたとえてみれば雪と炭云々と愛想づかしを言っている。間夫はひものごときもので、女に貢《みつ》がせる男で、いわば男の屑である。けれどもたいていの男にはひそかに間夫になりたい願望がある。ストリッパーには見るもむざんなひもがついていたという。それを美化したのがこの狂言の手がらである。

詩歌管絃の応酬のあった時代は元禄までで終った。大身《たいしん》の大名といっても禄高はきまっている。遊興費は尽きる。旗本はもっと早く尽きた。白柄組《しらつかぐみ》、神祇組《じんぎぐみ》などと称して町《まち》奴《やっこ》と争った当時が花だった。それも幡随院長兵衛を湯殿で殺した水野十郎左衛門が切腹を命じられたころ終った。

平安時代以後のわが社交界は吉原ではないかと私はみている。吉原にも茶屋を通さないで遊べる半籬《はんまがき》、小格子、河岸《かし》見世がある。これらは次第に品《しな》さがってきりがないのでここでは触れない。

吉原の芸者は客をとらない。座敷の正妻は花魁だからである。素人はどんな高価な贈物を貰っても現金は貰わない。それでこそ素人である。ここに於て花柳界が最も苦心するのは金銭の授受である。

たぶんそのための茶屋だったのだろう。金銭は茶屋が扱う。花魁はそもそも金を持たないこと大身の武家の子と同じである。穴あき銭を見て、うそかまことか「オヤおもちゃの刀の鍔《つば》」と言ったという話が今も残っている。

それでも花魁は座敷で太鼓末社《まっしゃ》に祝儀をやりたい。派手にやりたい。その時は客の許しを得て紙をひねった「紙ばな」を与える。あとで帳場に持参すると金にかわる。吉原の客は武士から町人に移った。十八大通《だいつう》の時代である。吉原は偽りの社交界だから極力金銭の授受する場面を見せまいとした。本当の恋だと思わせるためである。それは明治になっても同じである。花柳小説に芸者の揚代《あげだい》を書いたものがないのは理由があるのである。

女郎と芸者は誰でも買える。それなのに客は通いつめるのである。身代《しんだい》限りをするのである。そしてその背後には大てい不治の病毒がひかえている。どうしてこれが素人の恋のごときものより恋でないことがあろう。デヴィ夫人はどこが違うかと居直ったが、違うのである。苦界《くがい》十年女郎たちは忍んだのである。賤しいつとめの身だと承知していたのである。彼女たちが稀に「しんぞ命も」と思うのはもっともである。心中するものがあったのもまたもっともである。

以上社交界はうそで固めたところである。私はそれを東西の小説戯曲のなかから拾って、この世はどれだけ虚偽を必要とするか、偽善を必要とするか追いかけたつもりである。そのためにどんな些細《ささい》なうそも許さぬ、潔白の権化《ごんげ》「人間嫌い」の主人公アルセストにも登場してもらった。この芝居はモリエールの十八番でいまだに上演されている。見物客は主人公の正直一途ぶりを腹をかかえて笑っているという。アルセストの味方をする客は稀なのである。言葉は常に二重であるべきだと私が言うゆえんである。

「脂肪の塊」で一躍流行作家になったモーパッサンは、交りを旧友に断ち、社交界に成り上がりものとしてはいって、あらゆる侮辱をうけたという。モーパッサンは十年そこそこで急逝したから、そのことがなかったが、なお十年生きたらさぞアカデミイの会員になりたがったことだろう。師匠のゾラは何度落選しても立候補した。「脂肪の塊」の作者は鋭い人間の観察者である。その人にしてこのことがあったのである。してみれば誰にでもあることである。

平安のむかし中宮定子《ちゅうぐうていし》は清少納言に香爐峰《こうろほう》の雪はいかならむと問うた。少納言は無言で簾《すだれ》をかかげて見せ、白楽天の詩を知ってのことを明示した。

清少納言は才気煥発、漢詩文にも仏典にも通じているのをかくさなかったから、紫式部は「したり顔にいみじう侍《はべ》りける人」と評した。ほかに男たちには恋以外に権謀術数の世界がある。「源氏物語」こそわがサロンの極である。男女の文《ふみ》のやりとりは和歌でした。以後戦国乱世の時代になっても茶の湯の心得のない大小名はなかった。信長は出陣に当って「人間五十年、下天《げてん》のうちをくらぶれば云々」と歌いかつ舞った。

私は西洋のサロンと平安以下のサロンは同じだと言っているのである。吉原はドミ・モンドである。花魁《おいらん》は金銭は扱わなかった。素人の女の恋のまねをしたのである。明治になっても下等はさておき太夫といわれる花魁は金銭の授受をしなかった。むろん芸者もしなかった。女中または女将の手をわずらわした。初会は盃をかわすにとどめ、裏を返して実《じつ》あるところを見せ、三回目に三々九度の盃ごとのまねをして床入りした。ただしこれは表向き、女将に「馴染賃」をわたせば初会から床入りできること昔も今もない。

――わがフランス人は人前で自分の妻について言わないのを常とする。もし言えば座中あるいはわが妻の素性《すじよう》、または人となりを知ること自分よりくわしい者があるかも知れないからだとモンテスキューは言った。露骨にいえば妻の操行《そうこう》のことである、裸体のことである、嬌声のことである。

西洋の社交は必ず妻を同伴する、妻は男たちに品定めされる、男たちは言いよる、言いよられて喜んでなびかぬ夫人は少い。

わが社交界にこのことが稀だったのは、夫人の操行がよかったためではない、ひとえに夫人同伴の習慣がなかったためである。だから猥談《わいだん》が公然とできたのである。話題の女たちが「売りもの買いもの」だったせいである。くやしかったら自分も買えばいいのである。

女郎はひと晩に何人も客をとって、その一々に達していたら命が持たない。遣手《やりて》は女郎に叫ぶことを教える。泣きまねすることを教える、故に客が女にもてたと言うのはウソである。うれし泣きさせたと言うのもウソである。やきもちをやくには及ばない。一座は笑いくずれる。

だからかえって女郎の恋は本ものに近いのである。広津柳浪の「今戸心中」(明治二十九)の女主人公吉里《よしざと》は恋人平田と涙ながら別れて、日ごろ嫌いぬいていた古着屋の善吉の恋がはじめて分る、善吉はすでに店まで人手にわたしている、平田を失った悲しみに吉里は善吉に尽し、不義理を重ねてみついだあげく二人は今戸の河岸《かし》から身を投げて死ぬのである。

一葉の「にごりえ」も同工異曲である。女郎も恋をするというより女郎の恋こそ恋である。定連客はひとりではない。五人十人いるのになかの一人に「しんぞ命も」と打ちこむなら、それは素人の令嬢夫人の恋よりも恋である。

「椿姫」の主人公は貴族や富豪の情人にもなれるが、それは娼婦としてなれるだけで、真の社交界に顔出しは出来ない。ナニ夫人令嬢だってと言っても通らない。二人のなかに現金が介在するからである。椿姫は無垢の青年アルマンの父に息子の前途を思って別れてくれと懇願され、偽りの愛想づかしをして別れてもとの娼婦にもどって日ならずして死ぬ。

近松の心中物も女はたいてい売女である。まことの恋はここにしかないと作者は言いたげである。はげしいものはなが続きしない。長つづきさせたければそのさきにあるのは「死」である。

おお私は歳五十《とし》のときに十九の娘と恋をした、六十のときに二十三の娘と恋をした。それは恋のまねごとだったから飾って「恋に似たもの」と書いた。恋に似たもの以外に恋があろうか。いま私の命《めい》は旦夕《たんせき》に迫っている。恋の永続に最も大きな障害は、障害がなくなることである。幸い私の障害である「死」はなくならないから今度は成就《じょうじゅ》するかというと覚束《おぼつか》ないのである。それが恋の常なのである。

（『文藝春秋』94・6〜95・9／『諸君！』99・3）

解説

古山高麗雄

山本夏彦さんのエッセイを愛読して来て、もう何年ぐらいになるだろうか。三十年ぐらいかな。最初に何を読んだのであったとか、それがいつごろであったか、ということは憶えていない。けれども、長い年月、私は、山本さんのエッセイを雑誌で読み、単行本で再読し、そうですねおっしゃるとおりですね、と思ったり、ああそうなんですか気がつきませんでした、と教えられたりして来た。

もし山本さんの文章なかりせば、と想像すると、私は背筋が寒くなる。山本さんの文章は、読んで共感したり、教えられるというだけでなく、私には貴重である。私は戦前、戦中は、自分では愛国者のつもりであったが、世間の指弾するいわゆる〝非国民〟であった。山本さんの言う「戦前、戦中まっ暗史観」で言うのではないが、いわゆる〝非国民〟の私には、戦前、戦中は言いたいことの言えない時代であった。その私にとって戦後にあって、戦前、戦中になかったものの一つは、山本さんの文章を雑誌や本で読めることだ、と思っている。

といっても、世間は変わっても、人は変わらない。例えば日本人の横並び体質などは変わらない。安直な愛国心のごときは変わらない。

日本人がスポーツ競技でメダルをもらうのを喜ぶのも、愛国心なのだろうし、それはそれでいいが、私には、日本人がメダルをもらおうが、とりそこなおうが、そんなことはどうでもいい。こういうことを言うと、わが国民は、今でも〝非国民〟扱いをしたがるのではないか。これはわが民族だけの性癖ではないと思うが、日本人はとかく金太郎飴《アメ》、または横並びになる民族である。自虐史観と言われる戦後の言論、あるいはその反対の言論、どちらも横並びの一斉射撃である。どちらもその拠るところは、正義という御旗である。戦前の皇国だの神国だのという錦の御旗が、戦後は、正義だの人権だの民主主義だのに変わった。しかし、日本人は戦前と同じことをしている。

山本さんは自分を人間見物人と言っている。人間を見物すれば社会を見物することになるし、社会を見物すれば人間を見物することになる。山本さんは日本人だけでなく、外国人も見物する。また昨今の人間だけでなく、昔の人も見物する。博学で読書家で見物の名人で、古今東西の人間を見物すること縦横自在である。山本さんは横並びのできない方である。その山本さんが、上等の国語で、ワイロは国を滅ぼさないが、正義は国を滅ぼす、などとおっしゃる。ワイロなどもらえない境遇の人々が、妬《ねた》みを正義に移してワイロをもらった人を非難する。新聞テレビはそういう大衆に調子を合わせて記事や画面を作る。それで正義の人たちは、ますます酔い、自分を偽る。そういうことを、攻撃的でなく、笑いながら山本さんは言う。人は小狡《こずる》く、あるいは愚かで、正義はそれをすりかえるのに使われる。人は己れの欺瞞に気づかないふりをしたり、気づかなかったりする。己れだけでなく、他人をも、下手にその場しのぎに欺こうとする。それを笑いながら指摘する。横並びしたくない読者は、読んで胸をはらす。

しかし、かなりの読者が山本さんを愛読しても、世の中急に変わるものではない。それにしても、なんと下手な小細工や欺瞞に満ちた世間だろう。これも日本に限ったことではないのだろうが、それがわが国には多過ぎる。私の愛国心は、それが多過ぎることを哀しむのである。たとえば差別語を決めてそれを使わないことで、差別そのものがなくなったようなふりをしてみたり、人権などという言葉をふりまわして、変な正義を創り出したり、世間にはそういうことが多過ぎる。

競馬のように、お上が施行している賭事がある。そのテラ銭の一部は政府に納付することになっているし、馬の生産は産業になっているので公認のギャンブルになっているが、昨今はかなり緩んだとはいえ、まだ賭事は悪事という考え方が払拭されているわけではない。だから、公営の賭事はいいが、射幸心を煽り過ぎてはいけないなどという、まるで冷房を入れて部屋を暖めろ、というような珍説が登場し、その珍説がまかり通るのが、わが国である。その種のことが多過ぎる。

珍説がまかり通る、というより、すりかえや瞞着が生活の知恵であり、常識であり、だから当然のこととされていることが、わが大八洲《おおやしま》には多過ぎる。そこまで欺瞞をしなくても、と少数の人が思っても、この民族性と世間の流れは変わらない。だからといって、人は別に横並びに並ばなくてもいいのだが、多分、そうした方が安全で過ごしやすいからであろう、一斉に並ぶ。知識人だの文化人などと言われる人たちも、並ぶものが多い。小説家など、もっとそれぞれにくっきりと違っていてもよさそうなものだが、並んでいる。同じ情報はいくつあっても一つである。並ぶ作家や評論家は、何人いても一人である。みんな個性ありげに装うが、卑小でもあり臆病なのだろう、並ぶ。徒党を組む。そうすることによって、安全感や俗欲を得ようとする。そのために偽る。

そういう卑小で臆病で偽りの多い人間を、山本さんは見物し、またまた嘘をついているよ、すりかえているよ、と笑う。嘘をつくな、と声を荒らげたりはしない。叱ってみても、何がどうなるものでもないと承知しているから、大声は出さない。

私も笑うしかないじゃないか、と思っている。けれども、笑いながら私は小骨がのどに刺さっている感じになっているのである。山本さんのエッセイは、その小骨を抜いてくれる。

わが国は、敗戦によって、急にアメリカから民主主義の国に変えられたが、言葉や建前を変えても、人間には異論は聞かずに排斥する傾向が強く、今の日本は、いわば全体主義の民主主義とでも言いたくなるような変な民主主義の国になっている。山本さんはその変な民主主義の壁に穴をあけてくれているわけで、山本さんのような発言がなければ、ますます人は変な場所に追い込まれる。読者は山本さんのエッセイを読んでそこから脱出する。そういう文章、発言は、笑いながらであろうと、低声《こごえ》であろうと、私には貴重なのである。

本書は、山本さんが「文藝春秋」と「諸君!」に連載したエッセイの一九九四年から一九九九年までの掲載分で編集した一冊である。書題になっている『社交界』たいがい」は長篇のエッセイである。山本さんは、原稿用紙二枚で書けないものはないと言い、そのみごとな見本を提供しているが、長篇を書かないわけではない。「無想庵物語」や「私の岩波物語」やこの『社交界』たいがい」などは、長篇ならではの味を味わわせてくれる名作である。山本さんは、本物と偽物とを語り、その両方にある人の真実、卑しさ、俗悪、弱さを見物し、読者にも見物させてくれる。それだけではなく、遊女の恋こそまことの恋だと教えてくれる。いわゆる虚飾を剝いだり、欺瞞を指摘するだけのエッセイではなく、世人の見ないものを、しっかり拾って語ってくれるのでうれしくなる。

本書が出るころには、間をあけずに、本書につづく、一九九九年以降の山本さんのエッセイ集が出るのではないか。たのしみである。

（作家）

単行本　一九九九年二月　小社刊

文春文庫

「社交界《しやこうかい》」たいがい

定価はカバーに
表示してあります

2002年２月10日　第１刷

著　者　山《やま》本《もと》夏《なつ》彦《ひこ》
発行者　白川浩司
発行所　株式会社 文藝春秋
東京都千代田区紀尾井町 3-23　〒102-8008
TEL 03・3265・1211
文藝春秋ホームページ　http://www.bunshun.co.jp
文春ウェブ文庫　http://www.bunshunplaza.com

落丁、乱丁本は、お手数ですが小社営業部宛お送り下さい。送料小社負担でお取替致します。

印刷・凸版印刷　製本・加藤製本　Printed in Japan
ISBN4-16-735214-1

中くらいの妻
'93年版ベスト・エッセイ集
日本エッセイスト・クラブ編

遠い夏の日の思い出「鰻の蒲焼き」、本棚に隠した金を探してくれ——「父の遺書」に秘められていた謎をどう解いたか等々、人生の織りなす哀歓を描いた珠玉のエッセイ六十二篇。

編-11-11

母の写真
'94年版ベスト・エッセイ集
日本エッセイスト・クラブ編

年間ベスト・エッセイのシリーズ十二冊目。書かれるテーマは毎年、似ているようでも、確実にそれぞれの時代を反映している。時の移ろいと変わらぬ人の心を見事に捉えた六十一篇。

編-11-12

お父っつあんの冒険
'95年版ベスト・エッセイ集
日本エッセイスト・クラブ編

宇野千代さん晩年のエッセイ「私と麻雀」、漱石の名作を枕に〝論証〟を試みた「『こころ』の先生は何歳で自殺したのか」など、選び抜かれた六十四篇のベスト・エッセイ集九五年版。

編-11-13

父と母の昔話
'96年版ベスト・エッセイ集
日本エッセイスト・クラブ編

明治・大正の人々を絶妙に描く森繁久彌の表題作ほか、司馬遼太郎「本の話」、田辺聖子「ひやしもち」、林真理子「理系男と文系男」など、著者と読者を共感でつなぐエッセイ六十五篇。

編-11-14

司馬サンの大阪弁
'97年版ベスト・エッセイ集
日本エッセイスト・クラブ編

大作家が相次いで亡くなった九六年。田辺聖子「司馬サンの大阪弁」瀬戸内寂聴「孤離庵のこと」の他、「娘の就職戦争」「ボランティア棋士奮戦記」など、激動の世相を映す六十一篇を収録。

編-11-15

最高の贈り物
'98年版ベスト・エッセイ集
日本エッセイスト・クラブ編

五木寛之「髪を洗う話」、渡辺淳一「いわゆる遊離症について」等人気作家の随筆から、司馬遼太郎の担当だった銀行マンの思い出や、小学生の感動的な作文まで、九七年発表の六十二篇。

編-11-16

エッセイ

（　）内は解説者

とっておきのいい話
ニッポン・ジョーク集
文藝春秋編

日本人はジョークが下手とよく言われるが、そんなことはありません。各界に活躍中の著名人約二百名が、それぞれのとっておきのジョークを披露する。名付けてニッポン・ジョーク集。

編-2-5

酒との出逢い
文藝春秋編

もし酒がこの世になかったら、人生はなんと味けないものよ。開高健、平岩弓枝、星新一、林真理子、大島渚、野坂昭如など著名人九十三人があかす、おかしくてほろ苦い初体験の数々。

編-2-9

もの食う話
文藝春秋編

食べることは性欲とも好奇心とも無縁ではなく、そもそも猥雑で滑稽なもの。〝食〟の快楽と恐怖を描いた傑作を厳選、豪華メニューのアンソロジー。食べすぎにご用心。（堀切直人）

編-2-12

たのしい話いい話1
文藝春秋編

岡部冬彦、常盤新平、山川静夫、石川喬司、矢野誠一ら粋人十人が披露する、古今東西有名無名、様々な人々の佳話逸話。「オール讀物」の人気コラム「ちょっといい話」文庫化第一弾。

編-2-15

たのしい話いい話2
文藝春秋編

吉行淳之介のラーメン談義、チャーチル一世一代のウソ、芥川比呂志の小咄、マッケンローの潔癖性など、各界の著名人の愉快なエピソードを満載。「ちょっといい話」文庫化第二弾。

編-2-16

無名時代の私
文藝春秋編

誰だって、初めから脚光を浴びていたわけではない。夢を追いつつ満たされない日々、何をやろうか模索していた時……有名人69人が自らの苦しく、懐しい助走時代を綴った好エッセイ集！

編-2-17